PAULO COELHO

EL ALQUIMISTA

EDICIONES OBELISCO

Vda. Luis Roche, Edif. Sta Clara, P.B.
CARACAS - VENEZUELA

Si este libro le ha interesado y desea que le mantengamos informado de nuestras publicaciones, escríbanos indicando qué temas son de su preferencia (Astrología, Autoayuda, Ciencias Ocultas, Artes Marciales, Naturismo, Espiritualidad, Tradición) y gustosamente le complaceremos.

Colección Nueva Consciencia
El Alquimista
Paulo Coelho

1.ª edición: mayo de 1990
61.ª edición: septiembre de 1996

Traducción de Juan Godo Costa
Revisión de Montserrat Mira
Portada de M.ª Dolores Alcalá sobre un dibujo de Mario Diniz
Ilustraciones de Mario Diniz
© by Paulo Coelho, 1988, 1990 (Reservados todos los derechos)
© by Ediciones Obelisco, S.L., 1990, 1994. (Reservados todos los derechos para la presente edición).
Edita: Ediciones Obelisco, S. L. Pedro IV, 78, 4º 5ª
08005 Barcelona Tel. (93) 309 85 25 Fax (93) 309 85 23
Castillo, 540. 1414 Buenos Aires. Tel. y Fax: 771-43-82.

Depósito legal: B. 36.402 - 1996
ISBN: 84-7720-144-7

Fotocomposición:
Grafolet, S.L. - Aragón, 127 - Barcelona

Printed in Spain
Impreso en España en los talleres de Romanyà/Valls, S.A.
de Capellades (Barcelona)

Para J.
Alquimista que conoce y utiliza
los secretos de la Gran Obra

PREFACIO

Es importante decir algo acerca del hecho de que *El Alquimista* es un libro simbólico, a diferencia de *El Diario de un Mago*, que no fue un trabajo de ficción.

Durante once años de mi vida estudié Alquimia. La simple idea de transformar metales en oro, o de descubrir el Elixir de Larga Vida, ya era de por sí fascinante para que pudiera pasarle inadvertida a cualquiera que se iniciase en la Magia. Confieso que el Elixir de Larga Vida me seducía más. Antes de entender y sentir la presencia de Dios, la idea de que todo iba a acabar un día era algo que me desesperaba. De modo que, al saber que había la posibilidad de conseguir un líquido capaz de prolongar por muchos años mi existencia, resolví dedicarme en cuerpo y alma a su obtención.

Era una época de grandes transformaciones sociales —al principio de los años setenta— y aún no había publicaciones serias sobre Alquimia. Comencé, como uno de los personajes del libro, a gastar el poco dinero que tenía en la compra de libros importados, y dedicaba muchas horas de mi día al estudio de su complicada simbología. Traté de entrar en contacto con dos o tres personas que en Río de Janeiro se dedicaban en serio a la Gran Obra, y rehusaron recibirme. Conocí también a muchas otras personas que se decían alquimistas, poseían sus laboratorios, y prometían enseñarme los secretos del Arte a cambio de verdaderas fortunas; hoy comprendo que nada sabían de aquello que pretendían enseñar.

A pesar de toda mi dedicación, los resultados eran absolutamente nulos. No sucedía nada de lo que los manuales de Alquimia afirmaban en su complicado lenguaje. Era un sinfín de símbolos, de dragones, leones, soles, lunas y mercurios, y yo tenía siempre la impresión de hallarme en el camino equivocado, porque el lenguaje simbólico permite un enorme margen de errores. En 1973, desesperado ya por la falta de progreso, cometí una suprema irresponsabilidad. En esa época estaba yo contratado por la Secretaría de Educación de Mato Grosso para impartir clases de teatro en aquel estado, y decidí utilizar a mis alumnos en laboratorios teatrales que tenían como tema la Tabla de Esmeralda. Esta actitud, unida a algunas incursiones mías en el terreno pantanoso de la Magia fue la causa de que al año siguiente pudiese yo experimentar en carne propia la verdad del refrán que dice: «El que la hace, la paga». Todo se vino abajo por completo.

Pasé los seis siguientes años de mi vida en una actitud bastante escéptica en relación con todo lo referente a lo místico. En este exilio espiritual aprendí muchas cosas importantes: que sólo aceptamos una verdad cuando primeramente la negamos desde el fondo del alma, que no debemos huir de nuestro propio destino, y que la mano de Dios es infinitamente generosa, a pesar de Su rigor.

En 1981, conocí RAM y a mi Maestro, que me conduciría de regreso al camino que está trazado para mí. Y mientras él me adiestraba en sus enseñanzas, yo volví a estudiar Alquimia por mi cuenta. Una noche, mientras conversábamos, después de una agotadora sesión de telepatía, le pregunté por qué el lenguaje de los alquimistas era tan vago y tan complicado.

—Existen tres tipos de alquimistas —dijo mi Maestro—. Aquellos que son imprecisos porque no saben de lo que están hablando; aquellos que saben de lo que están hablando, pero saben también que el lenguaje de la Alquimia es un lenguaje dirigido al corazón, y no a la razón.

—¿Y cuál es el tercer tipo? —pregunté.

—Aquellos que jamás oyeron hablar de Alquimia, pero que lograron, a través de sus vidas, descubrir la Piedra Filosofal.

Y así, mi Maestro —que pertenecía al segundo tipo— decidió darme lecciones de Alquimia. Descubrí que el lenguaje simbólico, que tanto me irritaba y desorientaba, era la única manera de alcanzar el Alma del Mundo o aquello que Jung llamó el «inconsciente colectivo». Descubrí la Historia Personal, y las señales de Dios, verdades que mi raciocinio intelectual rehusaba aceptar a causa de su sencillez. Descubrí que alcanzar la Gran Obra no es tarea de unos pocos, sino de todos los seres de la faz de la Tierra. Es evidente que no siempre la Gran Obra acude bajo la forma de un huevo o de un frasco con un líquido, pero todos nosotros podemos —sin el menor asomo de duda— zambullirnos en el Alma del Mundo.

Por esto «El Alquimista» es también un texto simbólico. En el decurso de sus páginas, amén de transmitir todo lo que aprendí al respecto, trato de rendir homenaje a grandes escritores que lograron alcanzar el Lenguaje Universal: Hemingway, Blake, Borges (que también utilizó la historia persa para uno de sus cuentos), Malba Tahan, entre otros.

Para terminar este extenso prefacio e ilustrar lo que mi

Maestro quería decir acerca del tercer tipo de alquimistas, vale la pena recordar una historia que él mismo me contó en su laboratorio.

Nuestra Señora, con el Niño Jesús en sus brazos, decidió bajar a la Tierra y visitar un monasterio. Orgullosos, todos los sacerdotes formaron una gran fila y cada uno llegaba ante de la Virgen para rendirle su homenaje. Uno declamó bellos poemas, otro mostró sus ilustraciones de la Biblia, un tercero dijo el nombre de todos los santos. Y así, monje tras monje, todos fueron homenajeando a Nuestra Señora y al Niño Jesús.

En el último lugar de la fila había un monje, el más humilde del convento, que nunca había aprendido los sabios textos de la época. Sus padres eran personas sencillas, que trabajaban en un viejo circo de los alrededores, y todo lo que le habían enseñado era arrojar bolas al aire y hacer algunos malabarismos.

Cuando le llegó el turno, los otros monjes querían poner fin a los homenajes, porque el antiguo malabarista no tenía nada importante que decir y podía deslucir la imagen del convento. Sin embargo, en el fondo de su corazón, también él sentía una inmensa necesidad de dar alguna cosa de sí para Jesús y la Virgen.

Avergonzado, sintiendo las miradas reprobadoras de sus hermanos, sacó del bolsillo unas naranjas y empezó a lanzarlas al aire haciendo malabarismos, que era lo único que sabía hacer.

Fue en este instante cuando el Niño Jesús sonrió y comenzó a batir palmas desde los brazos de Nuestra Señora. Y fue para este monje que la Virgen extendió los brazos, dejando que sostuviese un rato en los suyos al divino Niño.

EL AUTOR

Yendo por el camino, entraron en un pueblo. Y una mujer, llamada Marta, lo hospedó en su casa.

Tenía ella una hermana, llamada María, que se sentó a los pies del Señor y permaneció escuchando sus enseñanzas.

Marta se agitaba de un lado a otro, ocupada en muchos menesteres. Entonces se aproximó a Jesús y le dijo:

—¡Señor! ¿No te importa que yo esté sirviendo sola? ¡Ordena a mi hermana que venga a ayudarme!

Respondióle el Señor.

—¡Marta! ¡Marta! Andas inquieta y te preocupas por muchas cosas.

María, en cambio, eligió la mejor parte, y ésta no le será arrebatada.

Lucas X, 38-42

PRÓLOGO

El Alquimista cogió un libro que alguien de la caravana había traído. El volumen estaba sin las tapas, pero logró identificar a su autor: Oscar Wilde. Mientras lo hojeaba, encontró una historia sobre Narciso.

El Alquimista conocía la leyenda de Narciso, un hermoso muchacho que todos los días iba a contemplar su propia belleza en el lago. Estaba tan fascinado por sí mismo, que un día cayó dentro del lago y murió ahogado. En el lugar donde cayó nació una flor a la que llamaron narciso.

Pero no era así como Oscar Wilde ponía fin a la historia.

El decía que cuando Narciso murió, vinieron las Oréiadas —diosas del bosque— y vieron el lago transformado, de un lago de agua dulce, en un cántaro de lágrimas saladas.

—¿Por qué lloráis? —preguntaron las Oréiadas.

—Lloro por Narciso, —respondió el lago.

—Oh, no nos extraña que lloréis por Narciso —prosiguieron diciendo ellas—. Al fin y al cabo, a pesar de que todas nosotras le perseguíamos siempre a través del bosque, vos erais el único que tenía la oportunidad de contemplar de cerca su belleza.

—Entonces, ¿era bello Narciso? —preguntó el lago.

—¿Quién sino vos podría saberlo? —respondieron, sorprendidas, las Oréiadas—. Después de todo, era sobre vuestra orilla donde él se inclinaba todos los días.

El lago quedóse inmóvil unos instantes. Finalmente dijo:

—Lloro por Narciso, pero nunca me había dado cuenta de que Narciso fuese bello.

—Lloro por Narciso porque cada vez que él se recostaba sobre mi orilla yo podía ver, en el fondo de sus ojos, mi propia belleza reflejada.

Qué historia tan hermosa, —dijo el Alquimista.

PRIMERA PARTE

El muchacho se llamaba Santiago. Empezaba a oscurecer, cuando llegó con su rebaño ante una vieja iglesia abandonada. El techo se había hundido hacía mucho tiempo y un enorme sicomoro había crecido en el lugar que antes albergaba la sacristía.

Resolvió pasar allí la noche. Hizo que todas las ovejas entrasen por la puerta en ruinas y luego colocó unos maderas de modo que no pudiesen huir durante la noche. No había lobos en aquella región, pero una vez se escapó uno de aquellos animales durante la noche y el pastor se pasó todo el día siguiente buscando la oveja descarriada.

Extendió su chaqueta sobre el suelo y acostóse en él, usando como almohada el libro que acababa de leer. Antes de dormirse, recordó que le hacía falta leer libros más gruesos: se tardaba más en leerlos, y por la noche resultaban más cómodos como almohada.

Todavía estaba oscuro cuando despertó. Miró hacia arriba y vio que las estrellas brillaban a través del techo semiderruido.

«Quisiera dormir un poco más», pensó. Había tenido el mismo sueño de la semana pasada y de nuevo despertó antes de llegar al final.

Se levantó y tomó un sorbo de vino. Después cogió el

cayado y empezó a despertar a las ovejas que todavía dormían. Se había fijado en que cuando despertaba, también empezaban a despertar la mayor parte de los animales. Como si hubiese alguna misteriosa energía que uniese su vida a la vida de las ovejas que desde hacía dos años recorrían con él la tierra en busca de agua y alimento. «Ya se han acostumbrado tanto a mí», dijo en voz baja, «que conocen mis horarios». Reflexionó un momento y pensó que también podía ser cierto lo contrario: que se hubiese acostumbrado él a los horarios de las ovejas.

Sin embargo, había algunas ovejas que tardaban más en levantarse. El muchacho fue despertándolas una tras otra con el cayado, llamando a cada una por su nombre. Siempre creyó que las ovejas eran capaces de entender lo que les decía. Por esto solía leer para ellas los pasajes de libros que le habían impresionado o hablarles de la soledad y de la alegría de un pastor en el campo, o comentarles las últimas novedades que veía en las ciudades por donde solía pasar.

No obstante, en los últimos dos días, el asunto que le preocupaba había sido solamente uno: una muchacha, hija de un comerciante que habitaba en la ciudad adonde iba él a llegar dentro de cuatro días. Sólo había estado allí una vez, el año anterior. El comerciante era dueño de una tienda de tejidos y le gustaba siempre ver trasquilar las ovejas en su presencia para evitar falsificaciones. Un amigo suyo le había indicado la tienda y el pastor llevó allá sus ovejas.

—Necesito vender algo de lana —dijo el pastor al comerciante.

La tienda del hombre estaba llena, y el comerciante rogó al pastor que esperase hasta el atardecer. El muchacho se sentó en el pavimento de la tienda, y sacó un libro de la alforja.

—No sabía que los pastores fuerais capaces de leer libros —dijo una voz femenina a su lado.

Era una moza típica de la región de Andalucía, con su negra cabellera, y los ojos que recordaban vagamente los antiguos conquistadores moros.

—Es porque las ovejas enseñan más que los libros —respondió el muchacho.

Estuvieron conversando más de dos horas. Ella le contó que era hija del comerciante, y habló de la vida en la aldea, donde cada día era igual que el otro. El pastor habló de los campos de Andalucía, de las últimas novedades que vio en las ciudades que había visitado. Estaba contento de no tener que conversar siempre con las ovejas.

—¿Cómo aprendiste a leer? —preguntó la muchacha en cierto momento.

—Como todas las demás personas —respondió el muchacho—. En la escuela.

—Entonces, si sabes leer, ¿por qué no eres más que un simple pastor?

El muchacho se disculpó como pudo, para no responder a aquella pregunta. Tenía la certeza de que la muchacha jamás lo entendería. Siguió contando sus historias de viaje, y los ojillos moros se abrían y cerraban de temor y sorpresa. A medida que transcurría el tiempo, el muchacho empezó a desear que aquel día no se acabase nunca, que el padre de la joven estuviese ocupado mucho rato y le mandase esperar durante tres días. Se dio cuenta de que estaba sintiendo algo que nunca antes había sentido: el deseo de quedarse en la misma ciudad para siempre. Con la niña de los cabellos negros, los días nunca serían iguales.

Pero el comerciante finalmente llegó y le mandó que esquilase cuatro ovejas. Después le pagó lo que le debía y le pidió que volviera al año siguiente.

Ahora sólo faltaban cuatro días para llegar de nuevo a la misma aldea. Estaba excitado y al mismo tiempo inseguro: tal vez la niña ya le hubiese olvidado. Por allí pasaban muchos pastores para vender lana.

—No importa —dijo el muchacho a sus ovejas—. Yo también conozco a otras niñas en otras ciudades.

Pero en el fondo de su corazón sabía que sí le importaba y que tanto los pastores, como los marineros, como los viajantes, siempre conocían una ciudad en la que había alguien que podía hacerles olvidar la alegría de viajar libres por el mundo.

Comenzó a rayar el día y el pastor colocó las ovejas según la dirección del sol. «Ellas nunca tienen que tomar una decisión», pensó. «Tal vez por esto están siempre junto a mí». La única necesidad que sentían las ovejas era de agua y de alimento. Mientras el muchacho conociese los mejores pastos de Andalucía, ellas serían siempre sus amigas. Aun cuando los días fuesen siempre iguales, con largas horas arrastrándose desde que nacía el sol hasta que se ponía; aun cuando no hubiesen leído nunca un solo libro en sus cortas vidas, y no conociesen la lengua de los hombres que contaban las novedades en las aldeas. Ellas estaban contentas con agua y alimento, y esto les bastaba. A cambio de ello, ofrecían generosamente su lana, su compañía y –de vez en cuando– su carne.

«Si hoy me volviese yo un monstruo y decidiese matarlas una tras otra, ellas sólo se darían cuenta después de que casi todo el rebaño hubiera sido exterminado», pensó el muchacho. «Porque confían en mí y se olvidaron de confiar en sus propios instintos. Sólo porque las conduzco hacia el alimento y la comida.»

El muchacho empezó a sorprenderse de sus propios pensamientos. Tal vez la iglesia, con aquel sicomoro que crecía en su interior, estuviese embrujada. Le había hecho tener un mismo sueño por segunda vez y le estaba provocando una sensación de rabia contra sus compañeras, siempre tan fieles. Bebió un poco de vino que había sobrado de la cena anterior y apretó la chaqueta contra su cuerpo. Sabía que dentro de unas horas, con el sol en el zénit, el calor sería tan intenso que ya no podría conducir las ovejas por el campo. Era la hora en que toda España dormía en verano. El calor duraba hasta la noche, y durante todo este tiempo él tenía que cargar con la chaqueta. No obstante, cuando pensaba quejarse por el peso, siempre recordaba que gracias a la chaqueta no había sentido frío por la mañana.

«Hemos de estar siempre preparados para las sorpresas del tiempo», pensaba entonces, y sentíase agradecido por el peso de la chaqueta.

La chaqueta tenía un motivo, y el muchacho también. En dos años por las llanuras de Andalucía, él se sabía ya de memoria todas las ciudades de la región, y esta era la gran razón de su vida: viajar. Estaba pensando en explicarle esta vez a la niña por qué un simple pastor sabe leer: hasta los dieciséis años había estado en el seminario. Sus padres querían que fuese sacerdote, y motivo de orgullo para una sencilla familia campesina, que trabajaba para ganar apenas para la comida y el agua, como sus ovejas. Estudió latín, español y teología. Pero desde pequeño soñaba con conocer el mundo, y esto era mucho más importante que conocer a Dios o los pecados de los hombres. Una tarde, al visitar a la familia, se había armado de valor y le había dicho a su padre que no quería ser sacerdote. Quería viajar.

—Hombres de todo el mundo ya pasaron por esta aldea, hijo,—díjole su padre—. Vienen en busca de cosas nuevas, pero siguen siendo las mismas personas. Van hasta la colina a conocer el castillo y hallan que el pasado era mejor que el presente. Tienen cabellos rubios o piel oscura, pero son iguales que los hombres de nuestra aldea.

—Pero yo no conozco los castillos de las tierras de donde ellos vinieron —repuso el muchacho.

—Esos hombres, cuando conocen nuestros campos y nuestras mujeres, dicen que les gustaría vivir aquí para siempre —continuó diciendo el padre.

—Yo quiero conocer las mujeres y las tierras de donde ellos vinieron —dijo el muchacho— porque ellos nunca se quedan aquí.

—Los hombres traen una bolsa llena de dinero —dijo de nuevo el padre—. Entre nosotros, solamente los pastores viajan.

—Entonces seré pastor.

El padre no dijo nada más. Al día siguiente le dio una bolsa con tres antiguas monedas de oro españolas.

—Las encontré un día en el campo. Tenían que ser de la Iglesia, como dote tuya. Compra tu rebaño y recorre el

mundo hasta que aprendas que nuestro castillo es el más importante y nuestras mujeres son las más bellas.

Y le bendijo. En los ojos del padre el muchacho leyó también el deseo de recorrer el mundo. Un deseo todavía vivo, a pesar de las decenas de años que él había intentado sepultarlo con agua, comida y el mismo lugar para dormir todas las noches.

El horizonte se tiñó de rojo, y después apareció el sol. El muchacho se acordó de la conversación con el padre y se sintió alegre; ya había conocido muchos castillos y muchas mujeres (pero ninguna igual a la que volvería a ver dentro de dos días). Tenía una chaqueta, un libro que podía cambiar por otro y un rebaño de ovejas. No obstante, lo más importante era que todos los días podía realizar el gran sueño de su vida: viajar. Cuando se cansase de los campos de Andalucía, podía vender sus ovejas y hacerse marinero. Cuando se cansase del mar, habría conocido muchas ciudades, muchas mujeres, muchas ocasiones de ser feliz.

«No sé cómo buscan a Dios en el seminario», pensó, mientras miraba el sol que nacía. Siempre que le era posible, buscaba un camino diferente para andar. Nunca había estado antes en aquella iglesia, a pesar de haber pasado tantas veces por allí. El mundo era grande e inagotable y si él dejase que las ovejas le guiasen tan sólo un poquito, terminaría descubriendo más cosas interesantes. «El problema es que ellas no se dan cuenta de que están haciendo caminos nuevos cada día. No se percatan de que los pastos cambian, de que las estaciones son diferentes, porque están sólo ocupadas con el agua y la comida».

«Tal vez suceda así con todos nosotros», pensó el pastor. «Hasta conmigo, que no pienso en otras mujeres desde que conocí a la hija del comerciante». Miró al cielo y calculó que antes del almuerzo estaría en Tarifa. Allá podría trocar su libro por un volumen más grueso, llenar la botella de vino, afeitarse y cortarse la barba y el cabello; tenía que estar listo para encontrar a la muchacha y no quería pensar en la posibilidad de que otro pastor hubiese llegado antes que él, con más ovejas, para pedir su mano.

«Es precisamente la posibilidad de realizar un sueño lo que hace la vida interesante», reflexionó mientras volvía a mirar el cielo y apretaba el paso. Acababa de recordar que en Tarifa vivía una vieja capaz de interpretar sueños. Y él había tenido un sueño repetido aquella noche.

La vieja condujo al muchacho hasta un aposento al fondo de la casa, separado de la sala por una cortina hecha de tiras de plástico de colores. Allá dentro tenía una mesa, una imagen del Sagrado Corazón de Jesús y dos sillas.

La vieja se sentó y le rogó a él que hiciera lo mismo. Después cogió las dos manos del muchacho y rezó en voz baja.

Parecía un rezo gitano. El muchacho ya había encontrado muchos gitanos por el camino; ellos viajaban y sin embargo no cuidaban ovejas. La gente decía que la vida de un gitano era siempre engañar a los demás. Decían también que ellos tenían pacto con demonios y que raptaban criaturas para servirse de ellas como esclavos en sus misteriosos campamentos. Cuando era pequeño, el muchacho siempre tuvo mucho miedo de ser raptado por los gitanos y este antiguo temor se despertó en él de nuevo mientras la vieja le tenía cogidas las manos.

«Pero hay aquí una imagen del Sagrado Corazón de Jesús», pensó, tratando de tranquilizarse un poco más. No quería que empezase a temblarle la mano y la vieja se diera cuenta del miedo que tenía. Rezó mentalmente un padrenuestro.

—Qué interesante— dijo la vieja sin quitar sus ojos de la mano del muchacho. Y volvió a guardar silencio.

El muchacho se iba poniendo nervioso. Empezaron a temblarle involuntariamente las manos, y la vieja lo notó. El retiró las manos rápidamente.

—No he venido para que me lean las manos —dijo, arrepentido ya de haber entrado en aquella casa. Pensó por un momento que era mejor pagar la consulta y marcharse sin saber nada. Estaba dando demasiada importancia a un sueño repetido.

—Tú quieres saber algo acerca de tus sueños —respondió la vieja—. Y los sueños son el lenguaje de Dios. Cuando él habla el lenguaje del mundo, yo puedo interpretarlo. Pero si él habla el lenguaje de tu alma, sólo tú puedes entenderlo. Y yo voy a cobrarte la consulta de todas formas.

Un nuevo truco, pensó el muchacho. Sin embargo, decidió arriesgarse. Un pastor corre siempre el riesgo de los lobos o de la sequía, y esto hace que el oficio de pastor sea más emocionante.

—Tuve el mismo sueño dos veces seguidas —dijo—. Soñé que estaba en el pasto con mis ovejas cuando aparecía una criatura y se ponía a jugar con los animales. No me gusta que molesten a mis ovejas, ellas temen a los extraños. Pero los niños siempre consiguen mezclarse con los animales sin que se asusten. No sé por qué. No sé cómo los animales conocen la edad de los seres humanos.

—Vuelve a tu sueño —dijo la vieja—. Tengo una olla en el fuego. Además tienes poco dinero y no puedes tomar todo mi tiempo.

—La criatura siguió jugando con las ovejas un rato —continuó el muchacho, algo cohibido—. Y de pronto me cogió de las manos y me llevó hasta las Pirámides de Egipto.

El muchacho esperó un poco para ver si la vieja sabía lo que eran las Pirámides de Egipto. Pero la vieja siguió callada.

—Entonces, en las Pirámides de Egipto —pronunció despacio las tres últimas palabras, para que la vieja pudiese entender bien—, la criatura me decía: «Si vienes hasta aquí, vas a encontrar un tesoro escondido». Y cuando me iba a mostrar el lugar exacto, me desperté. Las dos veces.

La vieja continuó en silencio durante un rato. Después volvió a coger las manos del muchacho y las examinó con atención.

—No voy a cobrarte nada ahora —dijo la vieja—. Pero quiero una décima parte del tesoro, si lo encuentras.

El muchacho rió. De contento. ¡Entonces se ahorraría el poco dinero que tenía, por causa de un sueño que hablaba de tesoros escondidos! La vieja debía ser efectivamente una gitana, los gitanos son tontos...

—Entonces, interprete el sueño —le pidió el muchacho.

—Antes tienes que jurar. Jura que me darás la décima parte del tesoro a cambio de lo que yo te diga.

El muchacho juró. La vieja le pidió que repitiese el juramento mirando hacia la imagen del Sagrado Corazón de Jesús.

—Es un sueño del Lenguaje del Mundo —dijo ella—. Puedo interpretarlo, y es una interpretación muy difícil. Por esto encuentro que merezco mi parte de tu hallazgo.

»Y la interpretación es ésta: debes ir hasta las Pirámides de Egipto. Jamás oí hablar de ellas, pero si fue una criatura quien te las mostró, es porque existen. Allá encontrarás un tesoro que te hará rico.

El muchacho se quedó sorprendido y después irritado. No necesitaba haber buscado la vieja para esto. Finalmente recordó que no estaba pagando nada.

—Para esto no me hacía falta perder el tiempo —dijo.

—Por eso te dije que tu sueño era difícil. Las cosas sencillas son las más extraordinarias y sólo los sabios consiguen verlas. Ya que no soy sabia, tengo que conocer otras artes, como la lectura de manos.

—¿Y cómo voy a llegar hasta Egipto?

—Yo sólo interpreto sueños. No sé convertirlos en realidad. Por esto tengo que vivir de lo que me dan mis hijas.

—¿Y si no llego hasta Egipto?

—Me quedo sin paga. No será la primera vez.

Y la vieja no dijo más. Rogó al muchacho que se fuese, pues ya había perdido mucho tiempo con él.

El muchacho salió decepcionado y decidido a nunca volver a dar más crédito a los sueños. Se acordó de que tenía varias cosas que hacer: fue a la tienda a comprar algo de comida, cambió su libro por otro más grueso, y sentóse en un banco de la plaza para saborear el vino nuevo que había comprado. Era un día caluroso y el vino, por uno de esos misterios insondables, conseguía refrescar un poco su cuerpo. Las ovejas estaban a la entrada de la ciudad, en el establo de un nuevo amigo del pastor. Conocía a mucha gente por aquellos contornos y por esto le gustaba viajar. Uno siempre acaba haciendo nuevos amigos y no tiene necesidad de estar con ellos un día tras otro. Cuando la gente ve siempre las mismas personas —y esto ocurría en el seminario— acabamos haciendo que pasen a formar parte de nuestra vida. Y como forman parte de nuestra vida, pasan también a querer modificar nuestra vida. Si no actuamos tal como ellas esperan, se disgustan. Porque todas las personas tienen una idea exacta de cómo debemos vivir nuestra vida.

Y nunca tienen idea de cómo deben vivir la suya propia. Como la mujer que interpretaba los sueños pero no sabía convertirlos en realidad.

Decidió esperar a que el sol descendiese un poco antes

de seguir con sus ovejas en dirección al campo. Dentro de tres días estaría con la hija del comerciante.

Empezó a leer el libro que le había proporcionado el cura de Tarifa. Era un libro grueso, que hablaba de un entierro en la nieve a partir ya de la primera página. Además de esto, los nombres de los personajes eran complicadísimos. Si algún día él escribiese un libro, pensó haría que cada vez sólo apareciese un personaje, para que los lectores no tuviesen que ir recordando nombres de memoria.

Cuando consiguió concentrarse un poco en la lectura —y era buena, porque hablaba de un entierro en la nieve, lo cual le transmitía una sensación de frío bajo aquel sol abrasador—, un anciano se sentó a su lado y empezó a trabar conversación.

—¿Qué están haciendo? —preguntó el anciano, señalando hacia las personas de la plaza.

—Están trabajando —respondió el muchacho secamente y volvió a fingir que estaba concentrado en la lectura. En realidad, estaba pensando en esquilar las ovejas delante de la hija del comerciante, para que ella fuese testigo de cómo él era capaz de hacer cosas interesantes. Ya había imaginado esta escena un montón de veces y, en todas ellas, la niña quedaba deslumbrada cuando él empezaba a explicarle que las ovejas deben trasquilarse desde atrás hacia adelante. También intentaba recordar algunas buenas historias que contarle mientras esquilaba las ovejas. La mayor parte las había leído en los libros, pero las contaría como si las hubiese vivido él personalmente. Ella nunca notaría la diferencia, porque no sabía leer libros.

El viejo, mientras tanto, insistió. Dijo que estaba cansado, con sed, y pidió al muchacho un trago de vino. El muchacho le ofreció su botella; tal vez el viejo se estuviera callado. Preguntó al muchacho qué libro estaba leyendo. Él pensó en mostrarse brusco y cambiar de banco, pero su padre le había enseñado a respetar a los ancianos. Entonces tendió el libro al viejo, por dos razones: la primera, porque no sabía pronunciar el título. Y la segunda era porque, si el viejo no sabía leer, él mismo cambiaría de banco para no sentirse humillado.

—Hmmm...—dijo el viejo, mirando el volumen por todos los lados, como si fuese un objeto extraño—. Es un libro importante, pero es muy insulso.

El muchacho quedó sorprendido. El viejo también leía y ya había leido aquel libro. Y si el libro era insulso, como él decía, aún había tiempo de cambiarlo por otro.

—Es un libro que dice lo que dicen casi todos los libros —prosiguió diciendo el viejo—. De la incapacidad de las personas para escoger su propio destino. Y termina haciendo que todo el mundo dé crédito a la mayor mentira del mundo.

¿Cuál es la mayor mentira del mundo?– preguntó, sorprendido, el muchacho.

—Es ésta: en un momento determinado de nuestra existencia, perdemos el control de nuestra vida, y ella pasa a ser gobernada por el destino. Esta es la mayor mentira del mundo.

—Conmigo no sucedió tal cosa —dijo el muchacho—. Querían que fuese sacerdote, y yo decidí ser pastor.

—Así es mejor —repuso el anciano—, porque te gusta viajar.

«Ha adivinado mi pensamiento», reflexionó el muchacho. El viejo, mientras tanto, hojeaba el libro grueso, sin la menor intención de devolvérselo. El muchacho observó que vestía una ropa extraña; parecía un árabe, lo cual no era raro en aquella región. Africa quedaba apenas a algunas horas de Tarifa; y sólo se tenía que cruzar el pequeño estrecho en barco. Muchas veces aparecían árabes en la ciudad, haciendo compras y rezando oraciones extrañas varias veces al día.

—¿De dónde es usted? –preguntó.

—De muchas partes.

—Nadie puede ser de muchas partes —dijo el muchacho—. Yo soy un pastor y estoy en muchas partes, pero soy de un único lugar, de una ciudad cerca de un castillo antiguo. Allí fue donde nací.

—Entonces podemos decir que yo nací en Salem.

El muchacho no sabía dónde estaba Salem, pero no quiso preguntar para no sentirse humillado a causa de su ignorancia. Pero se quedó un rato mirando hacia la plaza. Las personas iban y venían y parecían muy ocupadas.

—¿Cómo está Salem? —preguntó el muchacho, buscando alguna pista.

—Tal como estuvo siempre.

Todavía no era una pista. Pero sabía que Salem no estaba en Andalucía. Sino, él ya la habría conocido.

—¿Y qué haces en Salem? —insistió.

—¿Qué hago en Salem? —por primera vez, el anciano soltó una alegre carcajada—. Bueno, ¡yo soy el rey de Salem!

Las personas dicen cosas muy extrañas, pensó el muchacho. A veces es mejor estar con las ovejas, que son calladas y se limitan a buscar alimento y agua. O es mejor estar con los libros, que cuentan historias increíbles siempre que queremos oírlas. Pero cuando uno habla con personas, éstas dicen algunas cosas y nos quedamos sin saber cómo continuar la conversación.

—Mi nombre es Melquisedec —dijo el anciano—. ¿Cuántas ovejas tienes?

—Las suficientes —respondió el muchacho. El viejo estaba queriendo saber demasiado sobre su vida.

—Entonces estamos ante un problema. No puedo ayudarte, mientras te parezca que tienes ovejas suficientes.

El muchacho se irritó. El no estaba pidiendo ayuda. Era el viejo quien pedía vino, conversación y libro.

—Devolvedme el libro —dijo—. Tengo que ir a buscar mis ovejas y seguir adelante.

—Dame la décima parte de tus ovejas —dijo el viejo—. Y yo te enseño cómo llegar hasta el tesoro escondido.

El muchacho volvió entonces a acordarse de su sueño, y de pronto quedó todo claro. La vieja no había cobrado nada, pero el viejo —que quizá era su marido— iba a conseguir arrancarle mucho más dinero a cambio de una información que no existía. El viejo debía ser también un gitano.

Antes de que el muchacho dijese alguna cosa más, el viejo se agachó, cogió una piedrecita y empezó a escribir en la arena de la plaza. Al agacharse, algo brilló en su pecho, con tanta intensidad que casi cegó al muchacho. Pero con un movimiento demasiado rápido para una persona de su edad, el viejo volvió a cubrir el brillo con el manto. Los ojos del muchacho volvieron a su estado normal y pudo percibir lo que el viejo estaba escribiendo.

En la arena de la plaza principal de la pequeña ciudad, leyó el nombre de su padre y de su madre. Leyó la historia de su vida hasta aquel momento, los juegos y diversiones de la infancia, las noches frías del seminario. Leyó el nombre de la hija del comerciante que él no sabía. Leyó cosas que nunca había contado a nadie, como el día que robó el arma de su padre para matar venados, o su primera y solitaria experiencia sexual.

«Soy el rey de Salem», había dicho el anciano.

—¿Por qué un rey conversa con un pastor? —preguntó el muchacho, avergonzado y muy admirado.

—Existen varias razones. Pero digamos que la más importante es que tú has sido capaz de cumplir tu Historia Personal.

El muchacho no sabía lo que era Historia Personal.

—Es aquello que tú siempre deseaste hacer. Todas las personas, al comienzo de la juventud, saben cuál es su Historia Personal. En esa altura de la vida, todo está claro, todo es posible, y ellas no tienen miedo de soñar y desear todo aquello que les gustaría hacer en sus vidas. No obstante, a medida que va transcurriendo el tiempo, una fuerza misteriosa empieza a tratar de demostrar que es imposible realizar la Historia Personal.

Lo que el viejo estaba diciendo no tenía mucho sentido para el muchacho. Pero él quería saber lo que eran «fuerzas misteriosas»; con esto iba a quedar boquiabierta la hija del comerciante.

—Son las fuerzas que parecen malas, pero en realidad te están enseñando el modo de realizar tu Historia Personal. Están preparando tu espíritu y tu voluntad, porque existe una gran verdad en este planeta: seas quien seas o hagas lo que hagas, cuando quieres con voluntad alguna cosa, es porque este deseo nació en el alma del Universo. Es tu misión en la Tierra.

—¿Aunque sólo sea viajar? ¿O casarme con la hija de un comerciante de tejidos?

—O buscar un tesoro. El Alma del Mundo es alimentada por la felicidad de las personas. O por la infelicidad, la envidia, los celos. Cumplir su Historia Personal es la única obligación de los hombres. Todo es una cosa solamente.

Y cuando tú quieres una cosa, todo el Universo conspira para que realices tu deseo.

Durante algún tiempo quedaron en silencio, mirando hacia la plaza y las personas. Fue el viejo quien habló primero.

—¿Por qué guardas ovejas?

—Porque me gusta viajar.

El viejo señaló hacia un vendedor de palomitas de maíz, con su carrito rojo, que se hallaba en un rincón de la plaza.

—Aquel hombre también deseó siempre viajar, cuando era pequeño. Pero prefirió comprar un carrito de palomitas de maíz y juntar dinero durante años. Cuando sea viejo irá a pasar un mes a África. Jamás comprendió que la gente siempre está en condiciones de hacer lo que sueña.

—Debía haber escogido ser pastor —pensó en voz alta el muchacho.

—Ya pensó en eso —dijo el viejo—. Pero los vendedores de palomitas de maíz son más importantes que los pastores. Tienen una casa, mientras que los pastores duermen a la intemperie. Las personas prefieren casar a sus hijas con ellos antes que casarlas con pastores.

El muchacho sintió una punzada en el corazón, pensando en la hija del comerciante. En su ciudad debía haber un vendedor de palomitas de maíz.

—En fin, lo que las personas piensan sobre vendedores de palomitas y sobre pastores pasa a ser más importante para ellas que la Historia Personal.

El viejo hojeó el libro y se distrajo leyendo una página. El muchacho esperó un poco y le interrumpió de la misma manera como él le había interrumpido.

—¿Por qué hablas de estas cosas conmigo?

—Porque tú tratas de vivir tu Historia Personal. Y estás a punto de desistir de ella.

—¿Y apareces siempre en estos momentos?

—No siempre de esta forma, pero jamás dejé de aparecer. A veces aparezco bajo la forma de una buena idea, de una buena inspiración. Otras veces, en el momento crucial, hago que las cosas salgan más fáciles. Y así sucesivamente; pero la mayoría de las personas no lo notan.

El viejo contó que la semana pasada se había visto obligado a aparecer para un garimpeiro bajo la forma de una piedra. El garimpeiro, buscador de piedras preciosas, lo había dejado todo para ir en busca de esmeraldas. Durante cinco años trabajó en el río, y había partido 999.999 piedras en busca de una esmeralda. En este momento, el garimpeiro pensó en desistir, y sólo faltaba una piedra —apenas UNA PIEDRA— para descubrir su esmeralda. Como era un hombre que había apostado en su Historia Personal, el viejo decidió intervenir. Se transformó en una piedra que rodó sobre el pie del garimpeiro. Este, con la rabia y la frustración de los cinco años perdidos, arrojó la piedra lejos de sí. Pero con tanta fuerza, que fue a dar con otra piedra y ésta se rompió, mostrando la más bella esmeralda del mundo.

—Las personas aprenden muy pronto su razón de vivir —dijo el viejo con cierta amargura en los ojos—. Quizá sea por esto que también desisten muy pronto. Pero así es el mundo.

Entonces el muchacho se acordó de que la conversación había comenzado con el tesoro escondido.

—Los tesoros son levantados de la tierra por el torrente de agua y enterrados por estas mismas inundaciones —dijo el viejo—. Si quieres saber acerca de tu tesoro, tendrás que cederme una décima parte de tus ovejas.

—¿Y no sirve una décima parte del tesoro?

El viejo pareció decepcionado.

—Si quieres empezar prometiendo lo que aún no tienes, vas a perder tu voluntad de conseguirlo.

El muchacho contó entonces que había prometido una décima parte a la gitana.

—Los gitanos son listos —suspiró el viejo—. De cualquier manera, es bueno saber que en la vida todo tiene un precio. Es esto lo que los Guerreros de la Luz tratan de enseñar.

El viejo devolvió el libro al muchacho.

—Mañana, a esta misma hora, me traerás una décima parte de tus ovejas. Yo te enseñaré cómo conseguir el tesoro escondido. Buenas tardes.

Y desapareció tras una de las esquinas de la plaza.

El muchacho intentó leer el libro, pero ya no logró concentrarse. Estaba agitado y tenso, porque sabía que el viejo decía la verdad. Se fue hasta el vendedor y le compró una bolsa de palomitas de maíz, mientras pensaba si debía contarle o no lo que había dicho el viejo. «A veces es mejor dejar las cosas como están», pensó el muchacho, y no dijo nada. Si dijese algo, el hombre pasaría tres días pensando en abandonarlo todo, pero estaba muy acostumbrado a su carrito.

El podía evitarle este sufrimiento. Empezó a caminar sin rumbo por la ciudad y llegó hasta el puerto. Había un pequeño edificio y en el edificio había una ventanilla donde la gente compraba pasajes. Egipto estaba en Africa.

—¿Quiere algo? —preguntó el individuo de la ventanilla.

—Tal vez mañana —respondió el muchacho, apartándose. Si vendiese tan sólo una oveja, podía llegar hasta el otro lado del estrecho. Era una idea que le asustaba.

—Otro soñador —dijo el individuo de la ventanilla a su ayudante, mientras el muchacho se alejaba—. No tiene dinero para viajar.

Cuando se hallaba junto a la ventanilla, el muchacho se había acordado de sus ovejas y sintió miedo de volver junto a ellas. Dos años habían pasado aprendiendo todo lo referente al arte del pastoreo; sabía trasquilar, cuidar de las ovejas preñadas, proteger a los animales contra los lobos. Conocía todos los campos y pastos de Andalucía. Conocía el precio justo de compra y venta de cada uno de sus animales.

Decidió regresar al establo de su amigo por el camino más largo. La ciudad también tenía un castillo, y decidió subir una rampa de piedra y sentarse sobre uno de sus muros. Desde allá arriba podía ver Africa. Alguien le había explicado una vez que por allí llegaron los moros, que durante tantos años ocuparon casi toda España. El muchacho detestaba los moros. Ellos eran quienes habían traído a los gitanos.

Desde allí podía ver también casi toda la ciudad, incluso la plaza donde había conversado con el viejo.

«Maldita la hora en que encontré a ese viejo», pensó. Sólo había ido a buscar a una mujer que interpretase sueños. Ni la mujer ni el viejo daban importancia alguna al hecho de que él fuera un pastor. Eran personas solitarias, que ya no creían en nada en la vida y no entendían que los pastores terminan apegados a sus ovejas. El conocía con detalles a cada una de ellas: sabía la que cojeaba, cuál iría a dar cría de aquí a dos meses y cuales eran las más perezosas. Sabía también cómo esquilarlas y cómo matarlas. Si se decidiese a partir, ellas sufrirían.

Un viento empezó a soplar. El conocía aquel viento: la gente lo llamaba de Levante, porque con este viento llegaron también las hordas de infieles. Hasta que conoció Tarifa, nunca había pensado que Africa estuviese tan cerca. Esto era un gran peligro: los moros podrían invadirnos nuevamente.

44

El Levante empezó a soplar más fuerte. «Estoy entre las ovejas y el tesoro», pensaba el muchacho. Tenía que decidirse entre una cosa a la que se había acostumbrado y una cosa que le gustaría tener. También estaba la hija del comerciante, pero no era tan importante como las ovejas, porque no dependía de él. Tal vez ni siquiera se acordaría de él. Tenía la certeza de que, si no apareciese dentro de dos días, la niña no lo notaría: para ella todos los días eran iguales y cuando todos los días resultan iguales es porque las personas dejaron de percibir las cosas buenas que aparecen en sus vidas siempre que el sol cruza el cielo.

«Yo dejé a mi padre, a mi madre y el castillo de mi ciudad. Ellos se acostumbraron y yo me acostumbré. Las ovejas también se acostumbrarán a mi ausencia», pensó el muchacho.

Desde allá arriba miró hacia la plaza. El hombre del carrito continuaba vendiendo sus palomitas. Una joven pareja se sentó en el banco donde él había conversado con el viejo, y se dieron un largo beso.

«El vendedor de palomitas», dijo para sus adentros, sin completar la frase. Porque el Levante había empezado a soplar con más fuerza y el muchacho sintió que el viento le daba en el rostro. El viento traía los moros, es cierto, pero también traía el olor del desierto y de las mujeres cubiertas con velo. Traía el sudor y los sueños de los hombres que un día partieron en pos de lo desconocido, de oro, de aventuras... y de pirámides. El muchacho empezó a envidiar la libertad del viento y se dio cuenta de que podría ser como él. Nada lo impedía, salvo él mismo. Las ovejas, la hija del comerciante, los campos de Andalucía, eran solamente los pasos de su Historia Personal.

Al día siguiente, el muchacho se encontró con el viejo al mediodía. Traía consigo seis ovejas.

—Estoy sorprendido —dijo—. Mi amigo me compró inmediatamente las ovejas. Dijo que toda su vida había soñado ser pastor y aquello era una buena señal.

—Es siempre así —dijo el viejo—. Lo llamamos Principio Favorable. Si fueses a jugar a las cartas por primera vez, casi con toda certeza ganarías. Suerte de principiante.

—¿Y por qué?

—Porque la vida quiere que vivas tu Historia Personal.

Después se puso a examinar las seis ovejas y descubrió que una cojeaba. El muchacho explicó que aquello no tenía importancia, porque ella era la más inteligente y producía bastante lana.

—¿Dónde está el tesoro? —preguntó.

—El tesoro está en Egipto, cerca de las Pirámides.

El muchacho se sorprendió. La vieja había dicho lo mismo, pero no había cobrado nada.

—Para llegar hasta allí, tendrás que seguir las señales. Dios escribió en el mundo el camino que cada hombre debe seguir. Sólo se trata de leer lo que él escribió para ti.

Antes de que el muchacho dijese algo, una mariposa empezó a revolotear entre él y el viejo. Se acordó de su abuelo; cuando era pequeño, su abuelo le había dicho que las mariposas eran señal de buena suerte. Como los grillos, las lagartijas y los tréboles de cuatro hojas.

—Esto —dijo el viejo, que podía leer sus pensamientos—. Exactamente como te enseñó tu abuelo. Estas son las señales.

Después el viejo abrió el manto que le cubría el pecho. El muchacho quedó impresionado con lo que vio, y se acordó del brillo que había notado el día anterior. El viejo llevaba un pectoral de oro macizo, cubierto de piedras preciosas.

Era realmente un rey. Debía ir disfrazado así para huir de los salteadores.

—Toma —dijo el viejo, sacando una piedra blanca y una piedra negra que estaban prendidas en el centro del pectoral de oro—. Se llaman Urim y Turim. La negra quiere decir «sí», la blanca quiere decir «no». Cuando no consigas descifrar las señales, ellas te servirán. Haz siempre una pregunta objetiva. Pero de un modo general, procura tomar tus decisiones. El tesoro está en las Pirámides y esto ya lo sabías; pero tuviste que pagar seis ovejas, porque yo te ayudé a tomar una decisión.

El muchacho guardó las piedras en la alforja. En adelante, tomaría sus propias decisiones.

—No te olvides de que todo es una cosa solamente. No te olvides del lenguaje de las señales. Y sobre todo no te olvides de ir hasta el final de tu Historia Personal. Pero antes me gustaría contarte una pequeña historia.

Cierto mercader envió a su hijo a aprender el Secreto de la Felicidad junto al más sabio de todos los hombres. El muchacho anduvo durante cuarenta días por el desierto, hasta llegar a un hermoso castillo, en lo alto de una montaña. Allí vivía el Sabio que el muchacho buscaba.

Sin embargo, en vez de encontrar a un hombre santo, nuestro héroe entró en una sala y vio una actividad inmensa; mercaderes que entraban y salían, personas que conversaban por los rincones, una pequeña orquesta tocaba suaves melodías y había una mesa cubierta con los platos más deliciosos de aquella región del mundo. El Sabio conversaba con todos, y el muchacho tuvo que esperar dos horas hasta llegar a ser a su vez atendido.

El Sabio escuchó con atención el motivo de la visita del muchacho, pero le dijo que en aquel momento no tenía tiempo de explicarle el Secreto de la Felicidad. Sugirió que el muchacho se diese un paseo por su palacio y volviera al cabo de dos horas.

—Mientras tanto, quiero pedirte un favor —concluyó el Sabio, entregando al muchacho una cucharita en la que dejó caer dos gotas de aceite—, mientras vas caminando, lleva esta cucharita sin dejar que se derrame el aceite.

El muchacho comenzó a subir y bajar las escalinatas del palacio, menteniendo siempre fijos los ojos en la cucharita. Al cabo de las dos horas, volvió a la presencia del Sabio.

—Entonces —preguntó el sabio—, ¿viste las tapicerías de Persia que hay en mi comedor? ¿Viste el jardín que el Maestro de los Jardineros tardó diez años en plantar? ¿Reparaste en los bellos pergaminos de mi biblioteca?

El muchacho, avergonzado, confesó que no había visto nada. Su única preocupación era no derramar las gotas de aceite que el Sabio le había confiado.

—Vuelve, pues, y conoce las maravillas de mi mundo —dijo el Sabio—. No puedes confiar en un hombre si no conoces su casa.

Ya más tranquilo, el muchacho cogió la cucharita y

volvió a pasear por el palacio, fijándose esta vez en todas las obras de arte que pendían del techo y de las paredes. Vio los jardines, las montañas en derredor, la delicadeza de las flores, la exquisitez con que cada obra de arte estaba colocada en su sitio. Al regresar al lado del Sabio, relató con pormenores todo lo que había visto.

—Pero, ¿dónde están las dos gotas de aceite que te confié? —preguntó el Sabio.

Mirando hacia la cucharita, el muchacho se dio cuenta de que las había derramado.

—Pues éste es el único consejo que tengo para darte —dijo el más Sabio de los Sabios—. El secreto de la felicidad está en mirar todas las maravillas del mundo y no olvidarse nunca de las dos gotas de aceite de la cucharita.

El muchacho permaneció en silencio. Había comprendido la historia del anciano rey. A un pastor le gusta viajar, pero nunca se olvida de sus ovejas.

El viejo miró hacia el muchacho y con las dos manos extendidas hizo unos gestos extraños en su cabeza. Después, cogió las ovejas y prosiguió su camino.

En lo alto de la pequeña ciudad de Tarifa existe un antiguo fuerte construido por los moros, y el que se sienta en sus murallas consigue vislumbrar una plaza, un vendedor de palomitas y un trozo de Africa. Melquisedec, Rey de Salem, se sentó en el muro del fuerte aquella tarde y sintió en el rostro el viento de Levante. Las ovejas se agitaban nerviosas a su lado con miedo del nuevo dueño, y excitadas con tanto cambio: todo lo que ellas querían era sólo comida y agua.

Melquisedec miró el pequeño navío que estaba zarpando del puerto. Nunca más volvería a ver al muchacho, de la misma manera que nunca más volvió a ver a Abraham, después de haberle cobrado el diezmo. No obstante, ésta era su obra.

Los dioses no deben tener deseos, porque los dioses no tienen Historia Personal. Sin embargo, el Rey de Salem deseó interiormente que el muchacho tuviese éxito.

«Lástima que se olvidará enseguida de mi nombre», pensó. «Debía haberlo repetido más de una vez. Así, cuando hablase de mí, diría que soy Melquisedec, Rey de Salem.»

Después miró hacia el cielo, arrepentido: «Ya sé que es vanidad de vanidades, como Tú dijiste, Señor. Pero un viejo rey a veces tiene que sentir orgullo de sí mismo».

«Qué extraña es Africa», pensó el muchacho.

Estaba sentado en una especie de bar igual a otros bares que había encontrado en las angostas callejuelas de la ciudad. Algunas personas fumaban una pipa gigante que se pasaban de boca en boca. En unas pocas horas había visto hombres haciendo manitas, mujeres con el rostro cubierto y sacerdotes que subían a altas torres y empezaban a cantar, mientras todos se arrodillaban al mismo tiempo y golpeaban el suelo con la cabeza.

«Cosa de infieles», dijo para sí mismo. Cuando era niño, veía siempre en la iglesia de su aldea una imagen de Santiago Matamoros en su caballo blanco, con la espada desenvainada y figuras como aquéllas bajo sus pies. El muchacho se sentía mal y terriblemente solo. Los infieles tenían un mirar siniestro.

Además, con las prisas del viaje, se había olvidado de un detalle, un único detalle, que podía apartarlo de su tesoro por mucho tiempo: en aquel país todos hablaban árabe.

El dueño del bar se acercó y el muchacho señaló hacia una bebida que había sido servida en otra mesa. Era un té amargo. El muchacho prefería beber vino.

Pero ahora no debía preocuparse de esto. Tenía que pensar solamente en su tesoro y en la manera de conseguirlo. La venta de las ovejas le había dejado con bastante dinero en el bolsillo, y el muchacho sabía que el dinero era mágico: con dinero, nadie está nunca solo. Dentro de poco, quizá dentro de unos días, se hallaría junto a las Pirámides. Un viejo, con todo aquel oro en el pecho, no necesitaba mentir para ganar seis ovejas.

El viejo le había hablado de señales. Mientras atravesaba el mar, había pensado en las señales. Sí, sabía de qué estaba hablando: durante el tiempo que había estado en los campos de Andalucía, se había acostumbrado a leer en la tierra y en los cielos las condiciones del camino que debía seguir. Había aprendido que cierto pájaro indicaba una serpiente cerca de allí y que determinado arbusto era señal de agua de aquí a algunos kilómetros. Las ovejas le habían enseñado esto.

«Si Dios guía tan bien a las ovejas, también guiará al hombre», reflexionó, y se quedó más tranquilo. El té parecía menos amargo.

—¿Quién eres? —oyó que le decía una voz en español.

El muchacho se sintió inmensamente aliviado. Estaba pensando en las señales, y alguien había aparecido.

—¿Cómo hablas español? —preguntó. El recién llegado era un muchacho vestido a la usanza de los occidentales, pero el color de su piel indicaba que debía ser de aquella ciudad. Tenía más o menos su altura y su edad.

—Casi todo el mundo aquí habla español. Estamos sólo a dos horas de España.

—Siéntate y toma algo por mi cuenta —dijo el muchacho—. Y pide un vino para mí. Detesto este té.

—No hay vino en el país —dijo el recién llegado—. La religión no lo permite.

El muchacho dijo entonces que necesitaba llegar hasta las Pirámides. Estaba a punto de hablar del tesoro, pero decidió callar. El árabe era capaz de querer una parte por llevarlo hasta allá. Recordó lo que el viejo le había dicho con relación a los ofrecimientos.

—Me agradaría que me llevases hasta allí, a ser posible. Puedo pagarte como guía.

—¿Tienes idea de cómo llegar hasta allí?

El muchacho se fijó en que el dueño del bar estaba cerca, escuchando con atención la conversación. Se sentía incómodo con la presencia de aquel hombre. Pero había encontrado un guía y no iba a perder aquella oportunidad.

—Tienes que atravesar todo el desierto del Sahara —dijo el recién llegado—. Y para esto necesitamos dinero. Quiero saber si tienes dinero suficiente.

Al muchacho le pareció extraña la pregunta. Pero confiaba en el viejo, y el viejo le había dicho que cuando se quiere una cosa, el universo siempre conspira a favor.

Sacó su dinero del bolsillo y lo mostró al recién llegado. El dueño del bar se aproximó y miró también. Los dos cambiaron unas palabras en árabe. El dueño del bar parecía enfadado.

—Vamos afuera —dijo el recién llegado—. El no quiere que continuemos aquí.

El muchacho se sintió aliviado. Se levantó para pagar la cuenta, pero el dueño le agarró y empezó a hablar sin parar. El muchacho era fuerte, pero estaba en una tierra extranjera. Fue su nuevo amigo quien empujó al dueño a un lado y salió fuera con el muchacho.

—Quería tu dinero —dijo—. Tánger no es como el resto de Africa. Estamos en un puerto y en los puertos hay siempre muchos ladrones.

Podía confiar en su nuevo amigo. Le había ayudado en una situación crítica. Sacó el dinero del bolsillo y lo contó.

—Podemos llegar mañana a las Pirámides —dijo el otro, cogiendo el dinero—. Pero tengo que comprar camellos.

Salieron andando por las calles estrechas de Tánger. En cada esquina había puestos de cosas para vender. Finalmente llegaron al medio de una gran plaza, donde había un mercado. Había millares de personas discutiendo, vendiendo, comprando, hortalizas mezcladas con dagas, alfombras junto con toda clase de pipas. Pero el muchacho no perdía de vista a su nuevo amigo. Al fin y al cabo, él tenía en las manos todo su dinero. Pensó en pedirle que se lo devolviese, pero le pareció que no sería delicado. No conocía las costumbres de las tierras extrañas que estaba pisando.

«Basta con que lo vigile», dijo para sí mismo. Era más fuerte que el otro.

De repente, en medio de toda aquella confusión estaba la más bella espada que habían visto nunca sus ojos. La vaina era plateada, y el puño era negro, con piedras incrustadas. El muchacho se prometió a sí mismo que, cuando volviese de Egipto, compraría aquella espada.

—Pregúntale al dueño de la parada cuánto cuesta —dijo al amigo. Pero se dio cuenta que había estado dos segundos distraído, mientras miraba la espada.

Se le hizo pequeño el corazón, como si se le hubiera encogido el pecho. Tuvo miedo de mirar hacia el lado, porque sabía lo que encontraría. Los ojos continuaron clavados en la hermosa espada unos instantes, hasta que el muchacho se armó de valor y se volvió.

A su alrededor, el mercado, las personas que iban y venían, gritando y comprando, las alfombras mezcladas con las avellanas, las lechugas junto a las bandejas de cobre, los hombres cogidos de las manos andando por las calles, las mujeres del velo, el olor de comida extraña, y en ningún sitio, en ninguno, el rostro de su compañero.

El muchacho quiso pensar todavía que quizá se habían extraviado. Decidió quedarse allí mismo, esperando que el otro volviese. Poco rato después, un individuo subió a una de aquellas torres y empezó a cantar; todas las personas se arrodillaron en el suelo, golpearon la cabeza en él, y cantaron también. Después, como una multitud de hormigas laboriosas, desmontaron los puestos de venta y se marcharon.

El sol empezó a marcharse también. El muchachó miró el sol durante mucho rato, hasta que se escondió detrás de las casas blancas que rodeaban la plaza. Recordó que cuando el sol había salido por la mañana, él se encontraba en otro continente, era un pastor, tenía sesenta ovejas y tenía que verse con una moza. Por la mañana sabía todo lo que sucedería mientras andaba por los campos.

Sin embargo, ahora que el sol se escondía, él estaba en un país diferente, era un extraño en tierra extraña, en la que ni siquiera podía entender la lengua que hablaban. Ya no era un pastor, y ya no tenía nada en la vida, ni siquiera dinero para volver a empezar todo de nuevo.

«Todo esto entre la salida y la puesta del mismo sol», pensó el muchacho. Y sintió pena de sí mismo, porque a veces en la vida las cosas cambian en el espacio de un simple grito, antes de que las personas puedan acostumbrarse a ellas.

Le daba vergüenza llorar. Nunca había llorado delante de sus propias ovejas. Mientras tanto, el mercado estaba vacío y él estaba lejos de la patria.

El muchacho lloró. Lloró porque Dios era injusto y premiaba de este modo a las personas que creían en sus propios sueños. «Cuando yo estaba con las ovejas era feliz y siempre difundía felicidad a mi alrededor. Las personas me veían llegar y me recibían bien. Pero ahora me siento triste y desgraciado. ¿Qué voy a hacer? Quiero ser más duro y no confiar en las personas, porque una persona me traicionó. Quiero odiar a aquellos que encontraron tesoros escondidos, porque yo no encontré el mío. Y voy a intentar siempre conservar lo poco que tengo, porque soy demasiado pequeño para abarcar el mundo».

Abrió su alforja para ver lo que tenía dentro; tal vez le hubiese sobrado algo del bocadillo que había comido en el barco. Pero sólo encontró el libro grueso, la chaqueta y las dos piedras que el viejo le había dado.

Al mirar las piedras, sintió una inmensa sensación de alivio. Había cambiado seis ovejas por dos piedras preciosas, sacadas de un pectoral de oro. Podía vender las piedras y comprar el pasaje de regreso. «Ahora seré más listo», pensó el muchacho, sacando las piedras del saco para esconderlas dentro del bolsillo. Aquello era un puerto, y ésta era la única verdad que le había dicho aquel hombre; un puerto está siempre lleno de ladrones.

Ahora comprendía también la desesperación del dueño del bar: estaba intentando decirle que no confiase en aquel hombre. «Soy como todas las personas: veo el mundo de la manera que desearía que sucediesen las cosas y no de la manera como realmente suceden».

Se quedó mirando las piedras. Tocó con cuidado cada una de ellas, percibiendo su temperatura y la superficie lisa. Ellas eran su tesoro. El mero hecho de tocar las piedras le infundió más tranquilidad. Le recordaban al anciano.

«Cuando quieres una cosa, todo el Universo conspira para que puedas conseguirla», le había dicho el anciano.

Quería comprender cómo aquello podía ser verdad. Estaba allí en un mercado vacío, sin un chavo en el bolsillo y sin ovejas para guardar aquella noche. Pero las piedras eran la prueba de que había encontrado un rey —un rey que sabía su historia, sabía acerca del arma de su padre y de su primera experiencia sexual.

«Las piedras sirven para la adivinación. Se llaman Urim y Tumim.» El muchacho colocó de nuevo las piedras dentro del saco y decidió experimentar. El viejo había dicho que hiciese preguntas claras, porque las piedras sólo servían para el que sabe lo que quiere.

El muchacho entonces preguntó si la bendición del viejo seguía todavía con él.

Sacó una de las piedras. Era «sí».

—¿Voy a encontrar mi tesoro? —preguntó el muchacho.

Metió la mano en el saco e iba a coger una de las dos piedras, cuando ambas se deslizaron por un agujero del tejido. El muchacho nunca se había dado cuenta de que su saco estuviese roto. Se agachó para coger el Urim y el Tumim, y ponerlos de nuevo dentro del saco. Al verlas, sin embargo, otra frase cruzó por su mente.

«Aprende a respetar y seguir las señales», había dicho el anciano rey.

Una señal. El muchacho rió para sus adentros. Después recogió las dos piedras del suelo y las puso en el saco. No pensaba coser el agujero: las piedras podrían escapar por allí siempre que lo deseasen. Había comprendido que algunas cosas la gente no las debía preguntar, para no huir del propio destino. «Prometí tomar mis propias decisiones», dijo para sí mismo.

Pero las piedras le habían dicho que el anciano continuaba con él, y esto le dio más confianza. Miró hacia el mercado vacío y no sintió la desesperación de antes. No era un mundo extraño; era un mundo nuevo.

Pues, a fin de cuentas, todo lo que él quería era exactamente esto: conocer mundos nuevos. Incluso en el caso de que no llegase nunca hasta las Pirámides, ya había ido mucho más lejos que cualquiera de los pastores que conocía. «Ah, si supieran ellos que apenas a dos horas de barco existen tantas cosas diferentes».

El mundo nuevo aparecía en su mente bajo la forma de un mercado vacío, pero él ya había visto aquel mercado lleno de vida, y jamás lo olvidaría. Se acordó de la espada: pagó un alto precio por contemplarla un poco, pero tampoco había visto nunca nada igual. Sintió de repente que podía mirar el mundo como una pobre víctima de un ladrón, o como un aventurero en busca de un tesoro.

«Soy un aventurero en busca de un tesoro», pensó, antes de caer rendido por el sueño.

Despertó cuando un individuo le estaba tocando con el codo. Se había quedado dormido en medio del mercado y la vida de aquella plaza se disponía a comenzar de nuevo.

Miró a su alrededor, buscando sus ovejas, y se dio cuenta de que se encontraba en otro mundo. En vez de sentirse triste, sintióse feliz. Ya no tenía que continuar buscando agua y comida; podía seguir en busca de un tesoro. No tenía un chavo en el bolsillo, pero tenía fe en la vida. Había escogido, la noche anterior, ser un aventurero igual a los personajes de los libros que solía leer.

Comenzó a deambular sin prisa por la plaza. Los mercaderes montaban sus paradas; ayudó a un confitero a montar la suya. Había una sonrisa diferente en el rostro de aquel confitero: estaba alegre, despierto para la vida, presto a empezar un buen día de trabajo. Era una sonrisa que le recordaba algo del viejo, aquel anciano y misterioso rey que había conocido. «Este confitero no está haciendo dulces porque quiera viajar, o porque quiera casarse con la hija de un comerciante. Este confitero hace dulces porque le gusta hacerlos», pensó el muchacho, y notó que podía hacer lo mismo que el viejo: saber si una persona está cerca o lejos de su Historia Personal. Sólo mirando hacia ella. «Es fácil, y nunca me había dado cuenta de esto.»

Cuando acabaron de montar la parada, el confitero le dio el primer dulce que había hecho. El muchacho comió satisfecho, dio las gracias y siguió su camino. Cuando ya se había alejado un poco, recordó que la parada había sido montada con una persona que hablaba árabe y con otra que hablaba español.

Y se habían entendido perfectamente.

«Existe un lenguaje que está más allá de las palabras», pensó el muchacho. «Ya lo experimenté con las ovejas, y ahora lo experimento con los hombres.»

Estaba aprendiendo varias cosas nuevas. Cosas que él ya había experimentado, y que, por lo tanto, no eran nuevas, porque habían pasado por él sin que se hubiera dado cuenta. Y no se había dado cuenta, porque estaba acostumbrado a ellas. «Si aprendo a descifrar este lenguaje sin palabras, voy a conseguir descifrar el mundo».

«Todo es una sola cosa», había dicho el anciano.

Decidió caminar sin prisa y sin ansiedad por las callejuelas de Tánger. Sólo de esta manera lograría percibir las señales. Esto exigía mucha paciencia, pero ésta es la primera virtud que aprende un pastor. Nuevamente observó que estaba aplicando a aquel mundo extraño las mismas lecciones que le habían enseñado sus ovejas.

«Todo es una sola cosa », había dicho el anciano.

El Mercader de Cristales vio nacer el día y sintió la misma angustia que experimentaba todas las mañanas. Hacía ya casi treinta años que estaba en aquel mismo lugar, una tienda en lo alto de una ladera, donde raras veces pasaba un comprador. Ahora era tarde para hacer ningún cambio: todo cuanto había aprendido en la vida era vender y comprar cristales. Hubo un tiempo en que mucha gente conocía su tienda: mercaderes árabes, geólogos franceses e ingleses, soldados alemanes siempre con dinero en el bolsillo. En aquella época era una gran aventura vender cristales, y pensaba cómo se haría rico y cómo tendría bellas mujeres en su vejez.

Después el tiempo fue pasando y la ciudad también. Ceuta creció más que Tánger, y el comercio cambió de rumbo. Los vecinos se mudaron y quedaron apenas unas cuantas tiendas en la ladera. Nadie iba a subir una ladera por causa de unas pocas tiendas.

Pero el Mercader de Cristales no tenía elección. Había vivido treinta años de su vida, comprando y vendiendo piezas de cristal y ahora era demasiado tarde para cambiar de rumbo.

Durante toda la mañana se quedó mirando el pequeño movimiento de la calle. Lo hacía desde varios años y ya conocía el horario de cada persona. Cuando faltaban algunos minutos para el almuerzo, un muchacho extranjero se detuvo delante de su escaparate. Iba vestido normalmente, pero los ojos experimentados del Mercader de Cristales concluyeron que el muchacho no tenía dinero. Incluso así, decidió entrar y esperar unos instantes, hasta que el muchacho se hubiese ido.

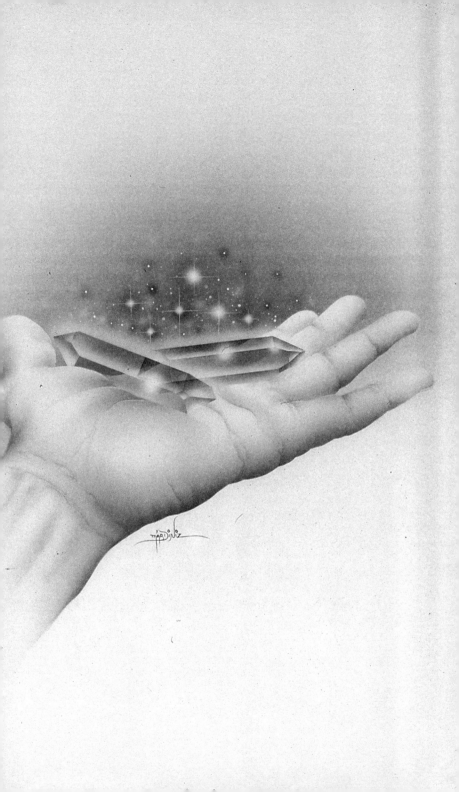

Había un rótulo en la puerta que decía que allí se hablaban varias lenguas. El muchacho vio aparecer un hombre detrás del mostrador.

—Yo puedo limpiar estos jarrones, si usted quiere —dijo el muchacho—. Tal como están, ningún comprador los va a querer comprar.

El hombre miró sin decir nada.

—A cambio de ello, usted me paga un plato de comida.

El hombre continuó en silencio, y el muchacho sintió que necesitaba tomar una decisión. Dentro de su saco estaba la chaqueta, ya no la necesitaría en el desierto. Sacó la chaqueta y empezó a limpiar los jarros. Durante media hora limpió todos los jarros del escaparate; entretanto, entraron dos clientes y compraron piezas de cristal.

Cuando acabó de limpiar todo, pidió al hombre un plato de comida.

—Vamos a comer —dijo el Mercader de Cristales.

Puso un rótulo en la puerta y fueron hasta un minúsculo bar en lo alto de la ladera.

Así que se sentaron a la única mesa existente, el Mercader de Cristales sonrió.

—No hacía falta limpiar nada —dijo —La ley del Corán obliga a la gente a dar de comer a quien tiene hambre.

—Entonces, ¿por qué me dejó que lo hiciese? —preguntó el muchacho.

—Porque los cristales estaban sucios. Y tanto tú como yo necesitábamos limpiar las cabezas de los malos pensamientos.

Cuando acabaron de comer, el Mercader se volvió hacia el muchacho:

—Querría que trabajases en mi tienda. Hoy entraron dos clientes mientras estabas limpiando los jarros, y esto es una buena señal.

«Las personas hablan mucho de señales», pensó el pastor. «Pero no se dan cuenta de lo que están diciendo. De la misma manera que yo no me daba cuenta que hace muchos años que hablaba con mis ovejas un lenguaje sin palabras».

—¿Quieres trabajar para mí? —insistió el Mercader.

—Puedo trabajar el resto del día —respondió el muchacho—. Limpiaré hasta de madrugada todos los cristales de la tienda. A cambio de ello, necesito dinero para estar mañana en Egipto.

El viejo volvió a reír.

—Incluso si limpiases mis cristales durante un año entero, incluso si ganases una buena comisión de ventas en cada una de ellas, todavía tendrías que pedir dinero prestado para ir a Egipto. Existen millares de kilómetros de desierto entre Tánger y las Pirámides.

Hubo un tiempo de silencio tan grande, que la ciudad parecía haberse quedado dormida. Ya no había los bazares, las discusiones de los mercaderes, los hombres que subían a los alminares y cantaban, las bellas espadas con sus puños claveteados. Ya no había la esperanza y la aventura, viejos reyes e Historias Personales, el tesoro y las pirámides. Era como si todo el mundo estuviese quieto, porque el alma del muchacho estaba en silencio. No había ni dolor, ni sufrimiento, ni decepción: solamente un mirar vacío a través de la pequeña puerta del bar, y un deseo inmenso de morir, de que todo acabase para siempre en aquel momento.

El Mercader miró asustado hacia el muchacho. Era como si toda la alegría que había visto aquella mañana hubiese desaparecido repentinamente.

–Puedo darte dinero para que vuelvas a tu tierra, hijo mío –dijo el Mercader de Cristales.

El muchacho continuó en silencio. Después se levantó, se arregló la ropa y cogió su saco.

–Voy a trabajar con usted –dijo.

Y tras otro prolongado silencio, añadió:

–Necesito dinero para comprar algunas ovejas.

SEGUNDA PARTE

Hacía casi un mes que el muchacho trabajaba para el Mercader de Cristales y no era exactamente la clase de empleo que le hacía feliz. El Mercader se pasaba el día entero refunfuñando detrás del mostrador, pidiendo que tuviese cuidado con las piezas, que no dejase que se rompiese nada.

Pero continuaba en el empleo porque el Mercader era un viejo cascarrabias, pero no era injusto; el muchacho cobraba una buena comisión por cada pieza vendida y ya había conseguido juntar algún dinero. Aquella mañana había hecho algunos cálculos: si continuase trabajando como estaba trabajando, necesitaría un año entero para poder comprar algunas ovejas.

—Me gustaría hacer un escaparate para los cristales —dijo el muchacho al Mercader—. Puede colocarse en la parte de fuera y llamar la atención del que baje por la ladera.

—Nunca hice un escaparate —respondió el Mercader—. La gente pasa y topa. Los cristales se rompen.

—Cuando yo iba por el campo con las ovejas, ellas podían morir si topaban con una serpiente. Pero esto forma parte de la vida de las ovejas y de los pastores.

El Mercader atendía a un cliente que deseaba tres jarros de cristal. Estaba vendiendo mejor que nunca, como si el mundo hubiera regresado a la época en que la calle era una de las principales atracciones de Tánger.

—El movimiento ya ha mejorado mucho —dijo al muchacho, cuando el cliente se hubo marchado—. El dinero permite que yo viva mejor y hará que tú vuelvas a tus ovejas dentro de muy poco tiempo. ¿Para qué exigir más de la vida?

—Porque hemos de seguir las señales —dijo el muchacho, como sin querer; y se arrepintió de lo que había dicho, porque el Mercader nunca había encontrado a un Rey.

«Llámase Principio Favorable, suerte de principiante. Porque la vida quiere que tú vivas tu Historia Personal», había dicho el viejo.

El Mercader, no obstante, entendía lo que decía el muchacho. La simple presencia del mismo en la tienda ya era una señal, y al transcurrir los días, con el dinero entrando en la caja, no estaba arrepentido de haber contratado al español. Incluso aunque el chico estuviera ganando más de lo que debía; como él había pensado siempre que las ventas ya no cambiarían, había ofrecido una comisión elevada, y su intuición le decía que el muchacho pronto estaría de vuelta al lado de sus ovejas.

—¿Por qué querías conocer las Pirámides? —preguntó, para cambiar el tema de la estantería.

—Porque siempre me habían hablado de ellas —dijo el muchacho, evitando hablar de su sueño. Ahora el tesoro era un recuerdo siempre doloroso, y el muchacho evitaba pensar en ello.

—Yo no conozco aquí a nadie que quiera atravesar el desierto sólo para conocer las Pirámides —dijo el Mercader—. No son más que una montaña de piedras. Tú puedes construirte una en tu huerto.

—Usted nunca soñó con viajar —dijo el muchacho, atendiendo a otro cliente que entraba en la tienda.

Dos días después, el viejo buscó al muchacho para hablar del escaparate.

—No me gustan los cambios —dijo el Mercader—. Ni tú ni yo somos como Hassan, el rico comerciante. Si se equivoca en una compra, esto no le afecta mucho. Pero nosotros dos tenemos siempre que convivir con nuestros errores.

«Es verdad», pensó el muchacho.

—¿Para qué quieres el escaparate? —dijo el Mercader.

—Quiero volver pronto al lado de mis ovejas. Hemos de aprovechar cuando la suerte está de nuestro lado, y hacer todo para ayudarla, de la misma manera que ella nos está ayudando. Se llama Principio Favorable . O «suerte de principiante».

El viejo permaneció callado durante unos instante. Después dijo:

—El Profeta nos dio el Corán, y nos dejó solamente cinco obligaciones para que las cumpliéramos en nuestra existencia. La más importante es la siguiente: sólo existe un Dios. Las otras son: rezar cinco veces al día, ayunar en el mes de Ramadán, hacer caridad a los pobres.

Cesó de hablar. Sus ojos se llenaron de lágrimas al hablar del Profeta. Era un hombre fervoroso, e incluso con toda su impaciencia, procuraba vivir su vida de acuerdo con la ley islámica.

—¿Y cuál es la quinta obligación? —preguntó el muchacho.

—Hace dos días tú dijiste que yo no tenía sueños de viajar —respondió el Mercader—. La quinta obligación de todo musulmán es un viaje. Debemos ir, por lo menos una vez en la vida, a la ciudad sagrada de la Meca.

»La Meca está mucho más lejos que las Pirámides. Cuando yo era joven, preferí reunir el poco dinero que tenía para empezar esta tienda. Pensaba en ser rico algún día para ir a la Meca. Comencé a ganar dinero, pero no podía dejar a nadie cuidando de los cristales, porque los cristales son cosas delicadas. Al mismo tiempo, veía pasar por delante de mi tienda muchas personas que iban en dirección a la Meca. Había algunos peregrinos ricos, que iban con un séquito de criados y de camellos, pero la mayor parte de las personas era mucho más pobre que yo.

»Todos iban y volvían contentos, y colocaban en la puerta de sus casas los símbolos de la peregrinación. Una de estas personas, un zapatero que vivía de remendar las botas ajenas, me dijo que había caminado casi un año por el desierto, pero que quedaba más fatigado cuando tenía que recorrer algunas calles de Tánger para comprar cuero.»

—¿Por qué no va a la Meca ahora? —preguntó el muchacho.

—Porque la Meca es lo que me mantiene vivo. Es lo que me hace aguantar todos estos días iguales, estos jarros callados en los estantes, el desayuno y la comida en aquel restaurante horrible. Tengo miedo de realizar mi sueño y después no tener ya motivos para continuar vivo.

»Tú sueñas con ovejas y con Pirámides. Eres diferente de mí, porque deseas realizar tus sueños. Yo sólo quiero soñar con la Meca. Ya imaginé millares de veces la travesía del desierto, mi llegada a la plaza donde está la Piedra Sagrada, las siete vueltas que debo dar en torno a ella antes de tocarla. Ya imaginé qué personas estarán a mi lado, frente a mí, y las conversaciones y oraciones que comparti-

remos juntos. Pero tengo miedo de que sea una gran decepción; entonces prefiero sólo soñar.

Aquel día, el Mercader dio permiso al muchacho para
construir un escaparate. No todos pueden ver los sueños
de la misma manera.

Pasaron otros dos meses y el escaparate atrajo a muchos clientes a la tienda de los cristales. El muchacho calculó que si trabajaba seis meses más, podría volver a España y comprar sesenta ovejas, y otras sesenta ovejas. En menos de un año habría duplicado su rebaño, y podría negociar con los árabes, porque ya conseguía hablar aquella lengua extranjera. Desde aquella mañana en el mercado, ya no había usado más el Urim y el Tumim, porque Egipto pasó a ser sólo un sueño tan lejano para él como lo era la ciudad de la Meca para el Mercader. Entre tanto, el muchacho estaba ahora contento con su trabajo y pensaba en todo momento en el día en que iría a desembarcar en Tarifa como un triunfador.

«Acuérdate de saber siempre lo que quieres», había dicho el anciano rey. El muchacho lo sabía, y estaba trabajando para ello.

Tal vez su tesoro hubiese sido llegar a aquella tierra extranjera, encontrar a un ladrón y doblar el número de su rebaño sin haber gastado siquiera un centavo.

Estaba orgulloso de sí mismo. Había aprendido cosas importantes, como el comercio de cristales, el lenguaje sin palabras, y las señales. Una tarde vio a un hombre en lo alto de la ladera, quejándose de que era imposible encontrar un lugar decente para beber alguna cosa después de toda la subida. El muchacho ya conocía el lenguaje de las señales y llamó al viejo para conversar.

—Vamos a vender té para la gente que sube la ladera —le dijo.

—Muchas personas venden té por aquí —respondió el Mercader.

—Podemos vender té en jarros de cristal. Así a la gente le gustará el té y querran comprar los cristales. Porque lo que más seduce a los hombres es la belleza.

El Mercader miró hacia el muchacho unos instantes. No respondió nada. Pero aquella tarde, después de rezar sus oraciones y cerrar la tienda, sentóse en la calzada con él y le invitó a fumar *narguilé* aquella extraña pipa que usaban los árabes.

—¿Qué estás intentando hacer? —preguntó el viejo Mercader de Cristales.

—Ya se lo dije. Necesito volver a comprar las ovejas. Y para esto hace falta dinero.

El anciano puso unas ascuas nuevas en el *narguilé* e hizo una larga aspiración.

—Hace treinta años que tengo esta tienda. Conozco el cristal bueno y el malo, y conozco todos los detalles de su funcionamiento. Estoy acostumbrado a su tamaño y a su movimiento. Si quieres poner té en los cristales, la tienda crecerá, entonces yo tendré que cambiar mi manera de vida.

—¿Y eso no es bueno?

—Estoy acostumbrado a mi vida. Antes de ti, yo pensaba que había perdido mucho tiempo en el mismo lugar, mientras que todos mis amigos cambiaban, quebraban o progresaban. Esto me dejaba con una inmensa tristeza. Ahora sé que no era exactamente así: la tienda tiene el tamaño exacto que yo quise siempre que tuviese. No quiero cambiar, porque no sé cómo cambiar. Ya estoy muy acostumbrado a mí mismo.

El muchacho no sabía qué decir. El anciano prosiguió diciendo:

—Tú fuiste una bendición para mí. Y hoy estoy entendiendo una cosa: toda bendición que no es aceptada, se convierte en una maldición. Yo no quiero más de la vida. Y tú me estás obligando a ver riquezas y horizontes que yo nunca conocí. Ahora que los conozco y que conozco mis posibilidades inmensas, voy a sentirme peor de lo que antes me sentía. Porque sé que puedo tenerlo todo, y no quiero.

«Ya hice bien en no decirle nada al vendedor de palomitas», pensó el muchacho.

Continuaron fumando el *narguilé* durante un rato, mientras el sol se escondía. Estaban conversando en árabe, y el muchacho estaba satisfecho consigo mismo, porque hablaba árabe. Hubo una época en que le pareció que las ovejas podían enseñarle todo sobre el mundo.

Pero las ovejas no sabían enseñar árabe.

«Debe haber en el mundo otras cosas que las ovejas no saben enseñar», pensó el muchacho, mientras miraba al Mercader en silencio —. «Porque ellas sólo andan en busca de agua y comida.»

«Encuentro que no son ellas quienes enseñan: soy yo quien aprendo.»

—Maktub —dijo finalmente el mercader.

—¿Y eso qué es?

—Tendrías que haber nacido árabe para comprenderlo —le respondió—. Pero la traducción sería algo así como «está escrito».

Y mientras apagaba las ascuas del *narguile*, dijo que el muchacho podía empezar a vender té en los jarros.

A veces es imposible detener el río de la vida.

Los hombres subían la ladera y llegaban cansados. Entretanto, en lo alto de ésta, había una tienda con bellos cristales y té de menta refrescante.

Los hombres entraban para tomar té, que era servido en bellos vasos de cristal.

«A mi mujer nunca se le ocurrió», pensaba uno mientras compraba algunos cristales porque iba a tener visitas aquella noche: sus invitados quedarían impresionados por la belleza de las tazas.

Otro hombre aseguró que el té era siempre más gustoso cuando se le servía en recipientes de cristal, pues conservaba mejor su aroma.

Un tercero dijo que era tradición en Oriente utilizar vasos de cristal con el té, a causa de sus poderes mágicos.

En poco tiempo, la noticia se difundió y muchas personas fueron a conocer la tienda que hacía algo nuevo con un comercio tan antiguo.

Se abrieron otras tiendas de té con copas de cristal pero no estaban en lo alto de una ladera y por eso siempre estaban vacías.

Al poco tiempo, el Mercader tuvo que contratar a

otros dos empleados; pasó a importar, junto con los cristales, cantidades enormes de té, que diariamente eran consumidas por los hombres y las mujeres con sed de cosas nuevas.

Y así transcurrieron seis meses.

El muchacho se despertó antes de que saliera el sol. Habían transcurrido once meses y nueve días desde que pusiera los pies por primera vez en el continente africano.

Se vistió con su ropa árabe, de lino blanco, comprada especialmente para aquel día. Puso el lienzo sobre su cabeza, fijado con un anillo hecho de pelo de camello. Calzó las sandalias nuevas y bajó sin hacer ruido.

La ciudad aún dormía. Se hizo un bocadillo de sésamo y bebió té caliente en el jarro de cristal. Después se sentó en el dintel de la puerta fumando él solo el narguilé.

Fumó en silencio, sin pensar en nada, escuchando solamente el ruido siempre constante del viento que soplaba trayendo el olor del desierto. Una vez que acabó de fumar, metió la mano en uno de los bolsillos del traje y se quedó unos instantes contemplando lo que había sacado de su interior.

Había un gran montón de dinero. Lo suficiente para comprar ciento veinte ovejas, un pasaje de regreso y una licencia de comercio entre su país y el país donde se encontraba.

Esperó pacientemente que el viejo se despertase y abriese la tienda. Los dos fueron juntos a tomar más té.

—Hoy me marcho —dijo el muchacho—. Tengo dinero

para comprar mis ovejas. Usted tiene dinero para ir a la Meca.

El viejo no dijo nada.

—Le pido su bendición —dijo el muchacho.

El anciano continuó preparando el té en silencio. Al cabo de un rato, sin embargo, se volvió hacia el muchacho.

—Estoy orgulloso de ti —repuso—. Tú trajiste alma para mi tienda de cristales. Pero debes saber que no voy a la Meca. Como también debes saber que no volverás a comprar ovejas.

—¿Quién os ha dicho eso? —preguntó el muchacho, asustado.

—Maktub —dijo simplemente el anciano Mercader de Cristales.

Y lo bendijo.

El muchacho fue hasta su cuarto y juntó todo lo que tenía. Eran tres bolsas llenas. Cuando ya se disponía a salir, se dio cuenta de que en un rincón del cuarto, estaba su vieja alforja de pastor. Estaba muy estropeada y ya casi no se acordaba de ella. Allí dentro se hallaba todavía el mismo libro y la chaqueta. Cuando sacó la chaqueta, pensando regalarla a un chico de la calle, las dos piedras rodaron por el suelo. Urim y Tumim.

El muchacho se acordó entonces del viejo rey y quedó sorprendido al darse cuenta de cuánto tiempo hacía que ya no pensaba en él. Durante un año había trabajado sin parar, pensando únicamente en conseguir dinero para no volver a España con la cabeza baja.

—Nunca desistas de tus sueños —le había dicho el anciano rey—. Sigue las señales.

El muchacho recogió del suelo el Urim y el Tumim y tuvo nuevamente aquella extraña sensación de que el rey estaba cerca. Había trabajado duro durante un año y las señales indicaban que ahora era el momento de partir.

—Quiero volver exactamente a ser lo que era antes —pensó el muchacho—. Y las ovejas no me habían enseñado a hablar árabe.

Las ovejas, no obstante, le habían enseñado una cosa

mucho más importante: que había en el mundo un lenguaje que todos comprendían, y que el muchacho había utilizado todo aquel tiempo para hacer progresar la tienda. Era el lenguaje del entusiasmo, de las cosas hechas con amor y con voluntad, en busca de algo que se deseaba o en lo que se creía. Tánger ya no era una ciudad extraña, y sintió que de la misma manera que había conquistado aquel lugar, podría conquistar el mundo.

«Cuando deseas una cosa, todo el Universo conspira para que puedas realizarla», había dicho el anciano rey.

Pero el anciano rey no había hablado de robos, de desiertos inmensos, de personas que conocen sus sueños pero que no desean realizarlos. El anciano rey no había dicho que las Pirámides eran solamente una montaña de piedras y que cualquiera podía hacer una montaña de piedras en su huerto. Y se había olvidado de decir que cuando se tiene dinero para comprar un rebaño mayor del que se poseía, se debía comprar ese rebaño.

El muchacho cogió su saco de pastor y lo juntó con sus otros sacos. Bajó las escaleras; el viejo estaba atendiendo a una pareja extranjera, mientras otros dos clientes andaban por la tienda tomando té en jarros de cristal. Era un buen movimiento para aquella hora de la mañana. Desde el sitio donde se encontraba, observó por primera vez que los cabellos del Mercader le recordaban mucho los cabellos del viejo rey. Se acordó de la sonrisa del confitero, en el primer día en Tánger, cuando no tenía adónde ir ni qué comer; también aquella sonrisa le recordaba al viejo rey.

«Como si hubiese pasado por aquí y dejado una marca», pensó. «Y cada persona hubiese conocido este rey en algún momento de sus existencias. Después de todo, él dijo que siempre se aparecía para el que vive su Historia Personal».

Salió sin despedirse del Mercader de Cristales. No quería llorar, porque los clientes podían verlo. Pero echaría de menos todo aquel tiempo y todas las cosas buenas que había aprendido. Tenía más confianza en sí mismo y tenía la voluntad de conquistar el mundo.

«Pero estoy yendo a los campos que ya conozco, a conducir de nuevo las ovejas». Y ya no estaba satisfecho con su decisión. Había trabajado un año entero para hacer realidad un sueño, y este sueño, a cada momento, iba perdiendo su importancia. Tal vez porque no fuese su sueño.

«Quién sabe si es mejor ser como el Mercader de Cristales: no ir nunca a la Meca, y vivir del deseo de conocerla». Pero tenía a Urim y Tumim en las manos, y estas piedras le daban la fuerza y la voluntad del viejo rey. Por una coincidencia —o una señal, pensó el muchacho— llegó al bar en donde había entrado el primer día. Ya no estaba el ladrón, y el dueño le trajo una taza de té.

«Siempre podré volver a ser pastor», pensó el muchacho. «Aprendí a cuidar de las ovejas, y nunca me olvidaré de cómo son. Pero tal vez no tenga otra oportunidad de llegar hasta las Pirámides de Egipto. El viejo tenía un pectoral de oro y sabía mi historia. Era un rey de verdad, un rey sabio.»

Solamente estaba a dos horas de barco de las llanuras de Andalucía, pero había un desierto entero entre él y las Pirámides. El muchacho percibió tal vez esta manera de pensar la misma situación: en realidad, estaba dos horas más cerca de su tesoro. Aun cuando para caminar estas dos horas, hubiese tardado casi un año entero.

«Sé por qué quiero volver a mis ovejas. Yo ya conozco las ovejas; no dan mucho trabajo, y pueden ser amadas. No sé si el desierto puede ser amado, pero es el desierto que esconde mi tesoro. Si no consigo encontrarlo, siempre podré volver a casa. Pero de pronto la vida me dio dinero suficiente, y tengo todo el tiempo que necesito; ¿por qué no?»

En aquel momento sintió una alegría inmensa. Siempre podía volver a ser pastor de ovejas. Siempre podía volver a ser vendedor de cristales. Tal vez el mundo tuviese muchos otros tesoros escondidos, pero él había tenido un sueño repetido y encontrado un rey. No le sucedía como a cualquier persona.

Estaba contento cuando salió del bar. Había recordado que uno de los proveedores del Mercader de Cristales traía los cristales en caravanas que cruzaban el desierto. Mantuvo el Urim y el Tumim en las manos; por causa de aquellas dos piedras, estaba de nuevo en el camino de su tesoro.

«Siempre estoy cerca de los que viven la Historia Personal», había dicho el anciano rey.

No costaba nada ir hasta el almacén y saber si las Pirámides estaban realmente muy lejos.

El inglés se hallaba sentado en un edificio que olía a ganado, a sudor y a polvo. No se podía llamar aquello un almacén; no era más que un corral. «Toda mi vida para tener que pasar por un lugar como éste», pensó mientras hojeaba distraídamente una revista de química. «Diez años de estudios me conducen a un corral».

Pero era preciso seguir adelante. Tenía que creer en señales. Toda su vida, todos sus estudios fueron en busca del lenguaje único que hablaba el Universo. Primero se había interesado por el esperanto, después por las religiones, y finalmente por la alquimia. Sabía hablar esperanto, entendía perfectamente las diversas religiones, pero aún no era un alquimista. Había conseguido descifrar cosas importantes, es verdad. Pero sus investigaciones habían llegado a un punto en el que ya no conseguía progresar más. Había intentado en vano entrar en contacto con algún alquimista. Pero los alquimistas eran personas extrañas, que sólo pensaban en ellos mismos, y casi siempre rehusaban prestar ayuda. Quien sabe, no habían descubierto el secreto de la Gran Obra —llamada Piedra Filosofal— y por esto se encerraban en el silencio.

Ya había gastado parte de la fortuna que su padre le había dejado, buscando inútilmente la Piedra Filosofal. Había frecuentado las mejores bibliotecas del mundo, y comprado los libros más importantes y más raros sobre alquimia. En uno de ellos descubrió que muchos años atrás un famoso alquimista árabe había visitado Europa. Decían que tenía más de doscientos años, que había descubierto la Piedra Filosofal y el Elixir de la Larga Vida. El inglés quedó impresionado con la historia. Pero todo no habría pasado de ser más que una leyenda, si un amigo suyo —al volver de una expedición arqueológica en el desierto—no le hubiese contado acerca de un árabe que tenía poderes excepcionales.

—Vive en el oasis de Al-Fayoum —le dijo su amigo—. Y la gente cuenta que tiene doscientos años y que es capaz de transformar cualquier metal en oro.

El inglés no cabía en sí de tanta excitación. Inmediatamente canceló todos sus compromisos, juntó los libros más importantes y ahora estaba allí, en aquel almacén parecido a un corral, mientras allá fuera una inmensa caravana se aprestaba a cruzar el Sahara. La caravana pasaba por Al-Fayoum.

«Tengo que conocer a ese maldito alquimista», pensó el inglés. Y el olor de los animales se volvió un poco más tolerable.

Un joven árabe, también cargado de maletas, entró en el lugar donde se encontraba el inglés y lo saludó.

—¿Adónde vas? —preguntó el joven árabe.

—Hacia el desierto —respondió el inglés, y volvió a su lectura. No quería conversar ahora. Necesitaba recordar todo lo que había aprendido en diez años, pues el alquimista lo debería someter a alguna clase de prueba.

El joven árabe sacó un libro y comenzó a leer. Estaba escrito en español. «¡Qué suerte!», pensó el inglés. Hablaba mejor español que árabe, y si este muchacho fuese hasta Al-Fayoum, tendría alguien con quien conversar cuando no estuviese ocupado en cosas importantes.

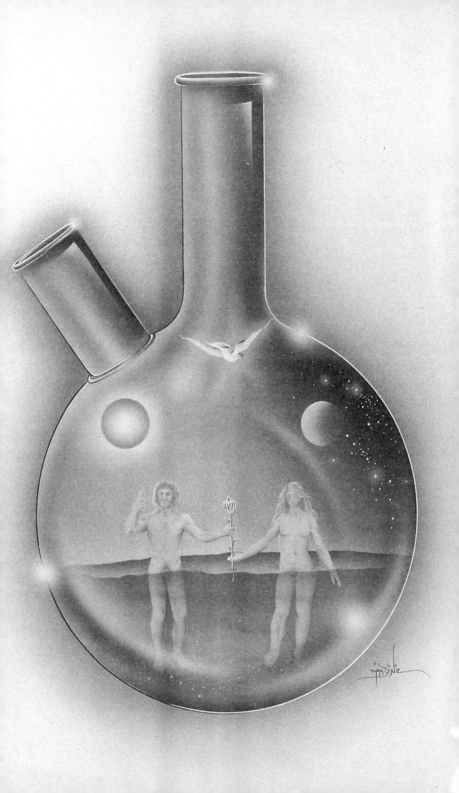

«Tiene gracia la cosa», pensó el muchacho mientras intentaba una vez más leer la escena del entierro con que se iniciaba el libro. «Hace casi dos años que empecé a leerlo, y no consigo pasar de estas páginas». Incluso sin un rey que lo interrumpiese, no lograba concentrarse. Todavía estaba en duda con respecto a su decisión. Pero se estaba percatando de una cosa importante: las decisiones eran sólo el comienzo de algo. Cuando alquien tomaba una decisión, en realidad estaba sumergiéndose en una corriente poderosa, que lleva a la persona a un lugar que nunca había soñado a la hora de decidir.

«Cuando resolví ir en busca de mi tesoro, nunca imaginé trabajar en una tienda de cristales», pensó el muchacho, para corroborar su razonamiento. «De la misma manera, esta caravana puede ser una decisión mía, pero su trayecto será siempre un misterio».

Frente a él había un europeo también leyendo un libro. El europeo era antipático, y le había mirado desdeñosamente cuando él entró. Podían haber llegado a ser buenos amigos, pero el europeo había cortado la conversación.

El muchacho cerró el libro. No quería hacer nada que le hiciera parecerse a aquel europeo. Sacó el Urim y el Tumim del bolsillo y empezó a jugar con las dos piedras.

—¡Un Urim y un Tumim! —gritó el extranjero.

El muchacho, más que de prisa, guardó las piedras en el bolsillo.

—No están en venta —dijo.

—No valen mucho —dijo el inglés—. Son cristales de roca, nada más. Hay millones de cristales de roca en la tierra, pero para el que entiende, éstos son Urim y Tumim. No sabía que existiesen en esta parte del mundo.

—Fue el regalo de un rey —dijo el muchacho.

El extranjero guardó silencio. Después metió la mano en el bolsillo y sacó, temblando, dos piedras iguales.

—De modo que hablaste con un rey —dijo.

—Y usted no cree que los reyes conversen con pastores —dijo el muchacho, queriendo esta vez poner fin a la conversación.

—Al contrario. Los pastores fueron los primeros en reconocer un rey que el resto del mundo rehusó conocer. Por esto es muy probable que los reyes conversen con pastores.

Y añadió, temiendo que el muchacho no estuviese comprendiendo:

—Está en la Biblia. En el mismo libro que me enseñó a hacer este Urim y este Tumim. Estas piedras eran la única forma de adivinación permitida por Dios. Los sacerdotes las llevaban en un pectoral de oro.

El muchacho se alegró de encontrarse allí.

—Quizá sea esto una señal —dijo el inglés, como quien piensa en voz alta.

—¿Quién le habló en señales? —el interés del muchacho crecía por momentos.

—Todo en la vida son señales —dijo el inglés, cerrando esta vez la revista que estaba leyendo. El Universo está hecho por una lengua que todo el mundo entiende, pero que ya se olvidó. Estoy buscando este Lenguaje Universal, amén de otras cosas.

»Por esto estoy aquí. Porque tengo que encontrar un hombre que conoce este Lenguaje Universal. Un alquimista.»

La conversación fue interrumpida por el jefe del almacén.

—Estáis de suerte —dijo el árabe gordo—. Esta tarde sale una caravana para Al-Fayoum.

—Pero yo voy a Egipto —dijo el muchacho.

—Al-Fayoum está en Egipto —dijo el dueño—. ¿Qué clase de árabe eres tú?

El muchacho dijo que era español. El inglés se sintió satisfecho: incluso vestido de árabe, el muchacho era por lo menos europeo.

—El llama «suerte» a las señales —dijo el inglés, después de que el árabe gordo hubo salido—. Si yo pudiese, escribiría una gigantesca enciclopedia sobre las palabras «suerte» y «coincidencia». Es con estas palabras que se escribe el Lenguaje Universal.

Después comentó con el muchacho que no había sido «coincidencia» encontrarle con el Urim y el Tumim en la mano. Preguntó si también él estaba yendo en busca del Alquimista.

—Estoy yendo en busca de un tesoro —dijo el muchacho, y se arrepintió inmediatamente. Pero el inglés pareció no darle importancia.

—En cierto modo, yo también —dijo.

—Y no sé qué quiere decir Alquimia —añadió el muchacho, cuando el dueño del almacén empezó a llamarles para que salieran.

—Yo soy el Guía de la Caravana —dijo un señor de luenga barba y ojos oscuros—. Tengo poder de vida y de muerte sobre cada persona que transporto. Porque el desierto es una mujer caprichosa y a veces deja locos a los hombres.

Había casi doscientas personas y el doble de animales. Eran camellos, caballos, burros, aves. El inglés tenía varias maletas, llenas de libros.

Había mujeres, niños y varios hombres con espadas en el cinto y largas espingardas al hombro. Un inmenso bullicio llenaba el local y el Guía tuvo que repetir varias veces sus palabras para que todos oyesen.

—Hay varios hombres y dioses diferentes en el corazón de estos hombres. Pero mi único Dios es Alá, y por él juro que haré lo posible y lo mejor para vencer una vez más el desierto. Ahora quiero que cada uno de ustedes jure por el Dios en el que cree, en el fondo de su corazón, que me obedecerá en cualquier circunstancia. En el desierto, la desobediencia significa la muerte.

Un murmulló corrió por lo bajo en todas las personas. Estaban jurando en voz baja delante de su Dios. El muchacho juró por Jesucristo. El inglés permaneció en silencio. El murmullo se prolongó un tiempo mayor que el de un simple juramento; la gente también estaba pidiendo protección a los dioses.

Oyóse un largo toque de clarín y cada uno subió a su montura. El muchacho y el inglés habían comprado camellos y montaron en ellos con cierta dificultad. El muchacho sintió pena por el camello del inglés: estaba cargado con las pesadas bolsas de libros.

—No existen coincidencias —dijo el inglés, tratando de continuar la conversación que habían iniciado en el almacén—. Fue un amigo que me trajo hasta aquí, porque conocía un árabe, que...

Pero la caravana comenzó a moverse y resultó imposible escuchar lo que el inglés estaba diciendo. No obstante, el muchacho sabía exactamente de qué se trataba: la cadena misteriosa que iba juntando una cosa con la otra, que le había llevado a ser pastor, a tener el mismo sueño, a estar en una ciudad cerca de Africa, y encontrar en la plaza a un rey y ser robado para conocer a un mercader de cristales, y...

«Cuanto más se llega cerca del sueño, más se va convirtiendo la Historia Personal en la verdadera razón de vivir», pensó el muchacho.

La caravana empezó a seguir en dirección a poniente. Viajaban por la mañana, se detenían cuando el sol era más fuerte y reanudaban la marcha al atardecer. El muchacho hablaba poco con el inglés, que pasaba la mayor parte del tiempo entretenido con los libros.

Entonces se puso a observar en silencio la marcha de animales y hombres por el desierto. Ahora todo era muy diferente del día en que habían partido: en aquel día, confusión y gritos, lloros y criaturas y relinchar de los animales, se mezclaban con las órdenes nerviosas de los guías y de los comerciantes.

En el desierto, sin embargo, sólo había el viento perpetuo, el silencio y el casco de los animales. Hasta los guías conversaban poco entre sí.

—Ya atravesé muchas veces estos parajes —dijo un camellero cierta noche—. Pero el desierto es tan grande, los horizontes quedan tan lejos, que hacen que la gente se sienta pequeña y permanezca en silencio.

El muchacho entendió lo que el camellero quería decir, incluso sin haber pisado nunca anteriormente el desierto. Cada vez que miraba el mar o el fuego, era capaz de permanecer horas en silencio, sin pensar en nada, sumido en la inmensidad y en la fuerza de los elementos.

«Aprendí con las ovejas y aprendí con los cristales», pensaba. «También puedo aprender con el desierto. Me parece más viejo y más sabio.»

El viento no paraba nunca. El muchacho se acordó del día en que sintió este mismo viento, sentado en el fuerte de Tarifa. Tal vez ahora estaría rozando ligeramente la lana de sus ovejas, que seguían en busca de alimento y agua por los campos de Andalucía.

«Ya no son mis ovejas», dijo para sí mismo, sin sentir añoranza. «Deben haberse acostumbrado a un nuevo pastor, y ya me habrán olvidado. Esto es bueno. El que está acostumbrado a viajar, como las ovejas, sabe que es siempre necesario partir un día».

Después se acordó de la hija del comerciante, y tuvo la certeza de que ella ya se había casado. Quien sabe si con un vendedor de palomitas, o con un pastor que también supiese leer y contase historias extraordinarias; al fin y al cabo, él no debía ser el único. Pero quedó impresionado con su presentimiento: tal vez él estuviese aprendiendo también esta historia del Lenguaje Universal que conoce el pasado y el presente de todos los hombres. «Presentimientos», como solía decir su madre. El muchacho empezó a comprender que los presentimientos eran las rápidas zambullidas que el alma daba en esta corriente Universal de la vida, donde la historia de todos los hombres está ligada entre sí, y podemos saber todo, porque todo está escrito.

«Maktub», dijo el muchacho, acordándose del Mercader de Cristales.

El desierto estaba hecho a veces de arena, y a veces de piedra. Si la caravana llegaba ante una piedra, la contorneaba; si estaban delante de una peña, daban una larga vuelta.

Si la arena era fina para el casco de los camellos, buscaban un lugar donde la arena fuese más resistente. A veces el suelo estaba cubierto de sal, en el lugar donde debía haber existido un lago. Los animales entonces se quejaban y los camelleros bajaban de ellos y los liberaban. Después colocaban las cargas sobre sus propias espaldas, pasaban por el suelo traicionero y volvían a cargar a los animales. Si un guía caía enfermo o moría, los camelleros echaban suertes y escogían otro guía.

Pero todo esto sucedía por una única razón: no importaba cuántas vueltas tuviese que dar, la caravana seguía siempre en dirección a un punto. Una vez superados los obstáculos, se encaminaba de nuevo hacia el astro que indicaba la posición del oasis. Cuando las personas veían aquel astro brillando en el cielo por la mañana, sabían que indicaba un lugar con mujeres, agua, dátiles y palmeras. Solamente el inglés no percibía aquello: estaba la mayor parte del tiempo enfrascado en la lectura de sus libros.

El muchacho también tenía un libro, que había intentado leer en los primeros días de viaje. Pero hallaba mucho más interesante mirar la caravana y escuchar el viento. En cuanto aprendió a conocer mejor a su camello y a aficionarse a él, tiró el libro. Era un peso innecesario, a pesar de que el muchacho había alentado la superstición de que cada vez que abría el libro encontraba a alguien importante.

Acabó trabando amistad con el camellero que viajaba siempre a su lado. De noche, cuando hacían alto alrededor de las fogatas, solía contar al camellero sus aventuras como pastor.

En una de estas conversaciones, el camellero empezó a hablar de su vida.

—Yo vivía en un lugar cerca de El Cairo —contaba—. Tenía mi huerto, mis hijos y una vida que no cambiaría hasta el día de mi muerte. Un año en que la cosecha fue mejor, emprendimos todos el viaje a la Meca, y yo cumplí la única obligación que me faltaba en la vida. Podía morir en paz y estaba contento.

»Cierto día la tierra empezó a temblar y el Nilo subió más allá de su límite. Aquello que yo pensaba que sólo sucedía a los otros, terminó sucediéndome a mí. Mis vecinos tuvieron miedo de perder sus olivares con la inundación; mi mujer temió que nuestros hijos fuesen arrastrados por las aguas. Y yo sentí pavor de ver destruido todo lo que había conquistado.

»Pero no hubo nada que hacer. La tierra quedó inútil, y tuve que buscar otro medio de vida. Hoy soy camellero. Pero entonces comprendí la palabra de Alá: nadie siente miedo de lo desconocido, porque cualquier persona es capaz de conquistar todo lo que quiere y necesita.

»Sólo sentimos miedo de perder aquello que tenemos, ya sea nuestras vidas o nuestros cultivos. Pero este miedo desaparece cuando comprendemos que nuestra historia y la historia del mundo fueron escritas por la misma Mano.

A veces las caravanas se encontraban durante la noche. Siempre una de ellas tenía lo que la otra estaba necesitando, como si realmente todo estuviese escrito por una sola Mano. Los camelleros cambiaban informaciones sobre las tempestades de viento y se reunían alrededor de las fogatas, contando las historias del desierto.

Otras veces llegaban misteriosos hombres encapuchados; eran beduinos que espiaban la ruta seguida por las caravanas. Daban noticias de asaltantes y tribus bárbaras. Llegaban en silencio y partían en silencio, con las ropas negras que sólo dejaban ver los ojos.

En una de estas noches el camellero fue hasta la fogata junto a la cual estaban sentados el muchacho y el inglés.

—Hay rumores de guerra entre los clanes —dijo el camellero.

Los tres guardaron silencio. El muchacho observó que había miedo en el aire, aunque nadie hubiese dicho una palabra. De nuevo estaba percibiendo el lenguaje sin palabras, el Lenguaje Universal.

Al cabo de un rato, el inglés preguntó si había peligro.

—El que entra en el desierto no puede volver —dijo el

camellero–. Cuando no se puede volver, sólo debemos estar preocupados por el mejor modo de seguir adelante. El resto va a cuenta de Alá, incluso el peligro.

Y concluyó diciendo la palabra misteriosa: «Maktub».

–Usted debería prestar más atención a las caravanas –dijo el muchacho al inglés, cuando el camellero se hubo ido –. Dan muchas vueltas, pero siempre siguen el mismo rumbo.

–Y tú deberías leer más sobre el mundo –respondió el inglés–. Los libros son como las caravanas.

observa todas las maravillas sin derramar las dos gotas de aceite

El inmenso grupo de hombres y animales empezó a caminar más de prisa. Además del silencio que reinaba durante el día, las noches –cuando las personas solían reunirse para conversar en torno a las fogatas– empezaron a quedar también silenciosas. Cierto día el Líder de la Caravana decidió que no podían encenderse fogatas, para no llamar la atención sobre la caravana.

Los viajeros procedieron a formar una rueda de animales y dormían todos juntos en el centro de la misma, tratando de protegerse del frío nocturno. El Líder procedió a instalar centinelas armados alrededor del grupo.

Una de aquellas noches el inglés no conseguía dormir. Llamó al muchacho y empezaron a pasear por las dunas alrededor del campamento. Era una noche de luna llena y el muchacho contó al inglés toda su historia.

El inglés quedó fascinado con la tienda que había prosperado después de que el muchacho comenzara a trabajar en ella.

–Este es el principio que mueve todas las cosas –dijo–. En la Alquimia se le llama el Alma del Mundo. Cuando deseas algo con todo tu corazón, estás más cerca del Alma del Mundo. Ella es siempre una fuerza positiva.

Dijo también que esto no era solamente un don de los hombres: todas las cosas sobre la faz de la Tierra tienen también un alma, no importando si era mineral, vegetal, animal, o sólo un simple pensamiento.

—Todo lo que está bajo o sobre la faz de la Tierra se transforma siempre, porque la Tierra está viva; y tiene un Alma. Somos parte de esta Alma, y raramente sabemos que ella siempre trabaja a nuestro favor. Pero debes comprender que, en la tienda de los cristales, hasta los jarros mismos estaban colaborando para tu éxito.

El muchacho permaneció en silencio unos instantes, mirando la luna y la arena blanca.

—He visto la caravana caminando a través del desierto —dijo al fin—. Ella y el desierto hablan la misma lengua, y por eso él permite que ella lo atraviese. Va a examinar cada uno de sus pasos, pera ver si está en perfecta sintonía con él; y si lo está, ella llegará hasta el oasis.

»Si uno de nosotros llegase aquí con mucho valor, pero sin entender esta lengua, moriría al primer día.»

Continuaron mirando la luna, juntos.

—Esta es la magia de las señales —prosiguió diciendo el muchacho—. He visto cómo los guías leen las señales del desierto, y cómo el alma de la caravana conversa con el alma del desierto.

Al cabo de un rato, fue el inglés quien habló.

—Necesito prestar más atención a la caravana —dijo por fin.

—Y yo necesito leer sus libros —dijo el muchacho.

Eran libros extraños. Hablaban de mercurio, sal, dragones y reyes, pero él no conseguía entender nada. No obstante, había una idea que aparecía repetida en casi todos los libros: todas las cosas eran manifestaciones de una cosa sola.

En uno de los libros descubrió que el texto más importante de la Alquimia tenía sólo unas cuantas líneas, y había sido escrito en una simple esmeralda.

—Es la Tabla de Esmeralda —dijo el inglés—, orgulloso por enseñar alguna cosa al muchacho.

—Entonces, ¿para qué tantos libros?

—Para entender estas líneas —respondió el inglés, sin estar muy convencido de la propia respuesta.

El libro que más interesó al muchacho contaba la historia de los alquimistas famosos. Eran hombres que habían dedicado su vida entera a purificar metales en los laboratorios; creían que si un metal se hacía hervir durante muchos, muchos años, acabaría liberándose de todas sus propiedades individuales y en su lugar sólo quedaría el Alma del Mundo. Esta Cosa Unica permitía que los alquimistas entendieran cualquier cosa sobre la superficie de la Tierra, porque ella era el lenguaje por el cual las cosas se comunicaban. Ellos llamaban a este descubrimiento la Gran Obra, que se componía de una parte líquida y una parte sólida.

—¿No es suficiente observar a los hombres y las señales, para descubrir este lenguaje? —preguntó el muchacho.

—Tú tienes la manía de simplificarlo todo —respondió el inglés, irritado—. La Alquimia es un trabajo serio. Precisa que cada paso se siga exactamente como los maestros habían enseñado.

El muchacho descubrió que la parte líquida de la Gran Obra era llamada Elixir de la Larga Vida, y curaba todas las dolencias, además de evitar que el alquimista envejeciera. Y la parte sólida era llamada Piedra Filosofal.

—No es fácil descubrir la Piedra Filosofal —dijo el inglés—. Los alquimistas permanecían muchos años en los laboratorios, contemplando aquel fuego que purificaba los metales. Contemplaban tanto el fuego, que poco a poco sus cabezas iban perdiendo todas las vanidades del mundo. Entonces, un buen día, descubrían que la purificación de los metales había acabado purificandoles a ellos mismos.

El muchacho se acordó del Mercader de Cristales. Este le había dicho que había sido bueno limpiar sus jarros, para que ambos se liberasen también de los malos pensamientos. Estaba cada vez más convencido de que la Alquimia podría aprenderse también en la vida diaria.

—Además de esto —dijo el inglés—, la Piedra Filosofal tiene una propiedad fascinante. Un pequeño fragmento de ella es capaz de transformar grandes cantidades de metal en oro.

A partir de esta frase, el muchacho quedó interesadísimo por la Alquimia. Pensaba que, con un poco de paciencia, podría transformarlo todo en oro. Leyó la vida de varias personas que lo habían conseguido: Helvetius, Elías,

Fulcanelli, Geber. Eran historias fascinantes: todos estaban viviendo hasta el fin su Historia Personal. Viajaban, encontraban sabios, hacían milagros delante de los incrédulos, poseían la Piedra Filosofal y el Elixir de la Larga Vida.

Pero cuando quería aprender la manera de conseguir la Gran Obra, quedaba completamente perdido. Eran solamente dibujos, instrucciones en código, textos oscuros.

—¿Por qué hablan de un modo tan difícil? —preguntó cierta noche al inglés. Notó también que el inglés se estaba aburriendo un poco y encontraba a faltar sus libros.

—Para que entiendan solamente aquellos que tienen la responsabilidad de entender —dijo—. Imagínate si todo el mundo anduviese transformando plomo en oro. Dentro de poco, el oro no valdría nada.

»Unicamente los persistentes, únicamente aquellos que investigan mucho son los que consiguen la Gran Obra. Por esto estoy en medio de este desierto. Para encontrar un verdadero Alquimista, que me ayude a descifrar los códigos.»

—¿Cuándo se escribieron estos libros? —preguntó el muchacho.

—Hace muchos siglos.

—En aquella época no había imprenta insistió el muchacho. No estaba al alcance de todo el mundo obtener conocimiento de la Alquimia. ¿Por qué este lenguaje tan extraño, lleno de dibujos?

El inglés no respondió nada. Dijo que hacía varios días estaba prestando atención a la caravana, y que no lograba descubrir nada nuevo. Lo único que había notado era que los comentarios sobre la guerra aumentaban cada vez más.

Un buen día, el muchacho devolvió los libros al inglés.

—Entonces, ¿has aprendido mucho? —preguntó el otro, lleno de expectativas. Necesitaba alguien con quien poder conversar, para olvidar el miedo de la guerra.

—He aprendido que el mundo tiene un Alma, y que quien entienda ese Alma, entenderá el lenguaje de las cosas. He aprendido que muchos alquimistas vivieron su Historia Personal y acabaron descubriendo el Alma del Mundo, la Piedra Filosofal, el Elixir.

»Pero, sobre todo, he aprendido que estas cosas son tan sencillas que pueden escribirse en una esmeralda.»

El inglés quedó decepcionado. Los años de estudio, los símbolos mágicos, las palabras difíciles, los aparatos de laboratorio, nada de esto había impresionado al muchacho.

«Debe tener un alma demasiado primitiva para comprenderlo», pensó.

Cogió los libros y los guardó en las bolsas que pendían del camello.

—Vuelve a tu caravana —dijo—. Ella tampoco me enseñó nada.

El muchacho volvió a contemplar el silencio del desierto y la arena levantada por los animales.

«Cada uno tiene su manera de aprender», repetía consigo mismo. «Su manera no es la mía, y mi manera no es la suya. Pero los dos andamos en busca de nuestra Historia Personal, y yo lo respeto por esto.

La caravana empezó a viajar de día y de noche. A todas horas aparecían los mensajeros encapuchados y el camellero –que se había hecho amigo del muchacho– explicó que la guerra entre los clanes había comenzado. Tendrían mucha suerte si lograban llegar hasta el oasis.

Los animales estaban extenuados y los hombres cada vez más silenciosos. El silencio era más terrible en la parte de la noche, cuando un simple relincho de camello –que antes no pasaba de un relincho de camello– ahora asustaba a todos y podía ser una señal de invasión.

El camellero, no obstante, no parecía estar muy impresionado con la amenaza de guerra.

–Estoy vivo –dijo al muchacho, mientras comía un plato de dátiles en la noche sin fogatas y sin luna–. Mientras estoy comiendo, no hago nada que no sea comer. Si estuviese caminando, sólo caminaría. Si tengo que luchar, será un día tan bueno para morir como cualquier otro.

»Porque no vivo ni en mi pasado, ni en mi futuro. Tengo sólo el presente y sólo él me interesa. Si puedes permanecer siempre en el presente, entonces serás un hombre feliz. Percibirás que en el desierto existe vida, que el cielo tiene estrellas, y que los guerreros luchan, porque esto forma parte de la raza humana. La vida será una fiesta, un

109

gran festival, porque ella es siempre y sólo el momento que estamos viviendo.»

Dos noches después, cuando se disponía a dormir, el muchacho miró en dirección al astro que seguían durante la noche. Halló que el horizonte estaba un poco más bajo, porque encima del desierto había centenares de estrellas.

—Es el oasis —dijo el camellero.

—¿Y por qué no llegamos allá inmediatamente?

—Porque necesitamos dormir.

El muchacho abrió los ojos cuando el sol empezaba a aparecer en el horizonte. Delante de él, donde las pequeñas estrellas habían estado durante la noche, se extendía una hilera interminable de palmeras datileras, cubriendo todo el frente del desierto.

—¡Lo conseguimos! —dijo el inglés, que también acababa de despertar.

El muchacho, sin embargo, permanecía callado. Había aprendido el silencio del desierto, y contentábase con mirar las palmeras datileras que tenía ante sí. Todavía tenía que caminar mucho para llegar hasta las Pirámides, y algún día aquella mañana sería tan sólo un recuerdo. Pero ahora era el momento presente, la fiesta de la que había hablado el camellero, y él estaba intentando vivirlo como las lecciones de su pasado y los sueños de su futuro. Un día, aquella visión de millares de palmeras sería solamente un recuerdo. Pero para él, en este momento, significaba sombra, agua, y un refugio para la guerra. Así como un relincho de camello podía transformarse en peligro, una hilera de palmeras podía significar un milagro.

«El mundo habla muchos lenguajes», pensó el muchacho.

«Cuando los tiempos andan de prisa, las caravanas corren también», pensaba el Alquimista, mientras veía llegar centenares de personas y animales al Oasis. Las personas gritaban detrás de los recién llegados, la polvareda tapaba el sol del desierto y los niños saltaban de excitación al ver a los extraños. El Alquimista vio como los jefes tribales se acercaban al Líder de la Caravana y conversaban largamente entre sí.

Pero nada de aquello interesaba al Alquimista. Ya había visto mucha gente llegar y partir, mientras que el Oasis y el desierto permanecían lo mismo. Había visto reyes y mendigos pisando aquellas arenas que siempre cambiaban de forma por causa del viento, pero que eran las mismas que había conocido cuando niño. Aún así, no lograba contener en el fondo de su corazón un poco de la alegría de vida que todo viajero experimentaba cuando, después de tierra amarilla y cielo azul aparecía ante sus ojos el verde de las palmeras. «Tal vez Dios creó el desierto para que el hombre pudiera sonreir con las palmeras», pensaba.

Después decidió concentrarse en asuntos más prácticos. Sabía que en aquella caravana venía el hombre al que debía enseñar parte de sus secretos. Las señales le habían contado esto. Todavía no conocía a este hombre, pero sus ojos experimentados le reconocerían cuando le viese. Esperaba que fuese alguien tan capaz como su aprendiz anterior.

«No sé por qué estas cosas tienen que transmitirse de boca a oreja», pensaba. No era exactamente porque las cosas fuesen secretas; Dios revelaba pródigamente sus secretos a todas las criaturas.

El sólo conocía una explicación para este hecho: las cosas tenían que transmitirse así, porque estarían hechas de Vida Pura, y esto difícilmente se capta por medio de pinturas o palabras.

Porque la gente se fascina con pinturas y palabras y acaba olvidándose del Lenguaje del Mundo.

Los recién llegados fueron traídos inmediatamente a la presencia de los jefes tribales de Al–Fayoum. El muchacho no podía creer lo que estaba viendo: a diferencia de ser un pozo rodeado por algunas palmeras —como había leído una vez en un libro de historia—, el oasis era mucho mayor que varias aldeas de España. Tenía trescientos pozos, cincuenta mil palmeras datileras y muchas tiendas de colores esparcidas entre ellas.

—Parece las Mil y Una Noches —dijo el inglés, impaciente por encontrarse pronto con el Alquimista.

Fueron rodeados por los niños, que miraban curiosos los animales, los camellos y las personas que llegaban. Los hombres querían saber si habían visto algún combate, y las mujeres se disputaban los tejidos y piedras que los mercaderes habían traído. El silencio del desierto parecía un sueño lejano; la gente hablaba sin cesar, reía y gritaba, como si hubiera salido de un mundo espiritual, para volver a estar entre los hombres. Estaban contentos y felices.

A pesar de las precauciones del día anterior, el camellero explicó al muchacho que los oasis en el desierto se consideraban siempre terrenos neutrales, porque la mayor parte de los habitantes eran mujeres y niños. Y había oasis tanto en un lado como en el otro; así, los guerreros iban a luchar en las arenas del desierto y dejaban los oasis como ciudades de refugio.

El Líder de la Caravana reunió a todos con cierta dificultad, y comenzó a dar las instrucciones. Permanecerían allí hasta que hubiese terminado la guerra entre los clanes. Como eran visitantes, debían compartir las tiendas con habitantes del oasis, que les darían sus lugares mejores. Era la hospitalidad de la Ley. Después pidió que todos, incluso sus propios centinelas, entregasen las armas a los hombres indicados por los jefes tribales.

—Son las reglas de la Guerra —explicó el Líder de la Caravana—. De esta manera, los oasis no podrían albergar ejércitos o guerreros.

Para sorpresa del muchacho, el inglés sacó de su chaqueta un revólver cromado y lo entregó al hombre que recogía las armas.

—¿Para qué un revólver? —preguntó.

—Para aprender a confiar en los hombres —respondió el inglés. Estaba contento por haber llegado al final de su búsqueda.

El muchacho, sin embargo, pensaba en su tesoro. Cuando más cerca estaba de su sueño, más difíciles se volvían las cosas. Ya no funcionaba aquello que el anciano rey había llamado «suerte de principiante». Lo que funcionaba, sabía él, era la prueba de la persistencia y del valor de quien busca su Historia Personal. Por esto él no podía apresurarse ni impacientarse. Si actuase así, acabaría por no ver las señales que Dios había puesto en su camino.

«Dios colocó en mi camino», pensó el muchacho, sorprendido consigo mismo. Hasta aquel momento consideraba las señales como una cosa del mundo. Algo como comer o dormir, algo como buscar un amor, o conseguir un empleo. Nunca había pensado que éste era un lenguaje que

Dios estaba usando para indicarle lo que debía hacer.

«No te impacientes», repitió el muchacho para sí mismo. «Como dijo el camellero, come a la hora de comer. Y camina a la hora de caminar».

El primer día, todos durmieron de cansancio, incluso el inglés. El muchacho se había quedado lejos de él, en una tienda con otros cinco muchachos de edad casi igual a la suya. Eran gente del desierto y querían saber historias de las grandes ciudades.

El muchacho habló de su vida como pastor, y se disponía a contar su experiencia en el establecimiento de cristales, cuando el inglés entró en la tienda de campaña.

—Te he estado buscando toda la mañana —dijo, mientras se llevaba al muchacho hacia afuera—. Necesito que me ayudes a descubrir dónde habita el Alquimista.

Primeramente intentaron los dos encontrar a hombres que vivieran solos. Un Alquimista tenía que vivir de manera diferente de las otras personas del oasis, y en su tienda era muy probable que estuviese un horno siempre encendido. Anduvieron bastante, hasta que se convencieron de que el oasis era mucho mayor de lo que podían imaginar, y con muchos centenares de tiendas.

—Perdimos casi el día entero —dijo el inglés—, sentándose con el muchacho junto a uno de los pozos del oasis.

—Quizá sea mejor preguntar —dijo el muchacho.

El inglés no quería revelar a los otros su presencia en el oasis, y quedó bastante indeciso. Pero terminó mostrándose de acuerdo y pidió al muchacho, que hablaba mejor el árabe, que lo hiciese él. El muchacho se acercó a una mujer que había llegado al pozo para llenar de agua una bolsa de piel de carnero.

—Buenas tardes, señora. Quisiera saber dónde vive un Alquimista en este oasis —preguntó el muchacho.

La mujer dijo que nunca había oído hablar de aquello, y se fue inmediatamente. Antes, no obstante, advirtió al muchacho que no debería conversar con mujeres vestidas de negro, porque eran mujeres casadas. Tenía que respetar la Tradición.

El inglés quedó decepcionadísimo. Había hecho todo su viaje para nada. El muchacho se puso triste; su compañero también andaba en busca de su Historia Personal. Y cuando alguien hace esto, el Universo entero se esfuerza para que la persona consiga lo que desea, había dicho el viejo rey. El no podía engañarse.

—Yo nunca había oído antes hablar de alquimistas —dijo el muchacho—, si no, trataría de ayudarle.

Algo brilló en los ojos del inglés.

—¡Es eso! ¡Quizá aquí nadie sabe lo que es un alquimista! ¡Pregunta por el hombre que cura todas las dolencias de la aldea!

Varias mujeres vestidas de negro habían venido al buscar agua al pozo, y el muchacho no conversaba con ellas, por más que el inglés se empeñase en que lo hiciera. Hasta que se acercó un hombre.

—¿Conoce usted a alguien que cure las dolencias de la aldea? —preguntó el muchacho.

—Alá cura todas las dolencias —dijo el hombre, visiblemente asustado con los extranjeros—. Vosotros vais en busca de brujos.

Y tras decir algunos versículos del Corán, prosiguió su camino.

Otro hombre se aproximaba. Era más viejo y sólo traía un pequeño cubo.

El muchacho repitió la pregunta.

—¿Por qué queréis conocer a esa clase de hombre? —respondió el árabe con otra pregunta.

—Porque mi amigo viajó muchos meses para encontrarlo —dijo el muchacho.

—Si ese hombre existe en el oasis, debe ser muy poderoso —dijo el anciano, después de pensar unos instantes—. Ni los jefes tribales conseguirían verlo cuando les hiciese falta. Sólo cuando él lo decidiese así.

Esperad que acabe la guerra. Y entonces partid con la caravana. No tratéis de penetrar en la vida del oasis —concluyó, alejándose.

Pero el inglés exultaba de alegría. Estaban en la pista verdadera.

Finalmente apareció una moza que no iba vestida de negro. Traía un cántaro sobre el hombro y la cabeza cubierta con un velo, pero tenía el rostro descubierto. El muchacho se acercó a ella para preguntarle sobre el Alquimista.

Entonces fue como si el tiempo se detuviese, y el Alma del Mundo surgiese con toda la fuerza delante del muchacho. Cuando miró los ojos negros de la muchacha, sus labios indecisos entre una sonrisa y el silencio, comprendió la parte más importante y más sabia del Lenguaje que el mundo hablaba y que todas las personas de la tierra eran capaces de entender en sus corazones. Y esto se llamaba Amor, una cosa más antigua que los hombres y que el propio desierto, y que, sin embargo, resurgía siempre con la misma fuerza dondequiera que dos pares de ojos se cruzasen como se cruzaron aquellos dos pares de ojos delante de un pozo. Los labios finalmente resolvieron dar una sonrisa y aquello era una señal, la señal que él esperaba sin saberlo durante tanto tiempo en su vida, que había buscado en las ovejas y en los libros, en los cristales y en el silencio del desierto.

Allí estaba el puro lenguaje del mundo, sin explicaciones, porque el Universo no necesitaba explicaciones para continuar su camino en el espacio sin fin. Todo cuanto el muchacho entendía en aquel momento era que estaba delante de la mujer de su vida, y que sin necesidad de palabras, ella debía saberlo también. Tenía más certeza de esto que de cualquier cosa en el mundo, aún cuando sus padres, y los padres de sus padres, hubiesen dicho que era preciso enamorarse, cortejar, conocer a la persona y tener dinero antes de casarse. El que decía esto tal vez jamás había conocido el lenguaje universal, porque cuando se sumerge en él, es fácil entender que siempre existe en el mundo una persona que espera a otra, ya sea en medio del desierto, ya sea en medio de las grandes ciudades. Y cuando estas personas se cruzan, y sus ojos se encuentran, todo el pasado y todo el futuro pierde toda importancia, y solamente existe aquel momento, y aquella certeza increíble de que todas las cosas bajo el sol fueron escritas por la misma Mano. La Mano que despierta el Amor, y que hizo un alma gemela para cada persona que trabaja, descansa y busca tesoros bajo el sol. Porque sin esto no habría ningún sentido para los sueños de la raza humana.

«Maktub», pensó el muchacho.

El inglés se levantó de donde estaba sentado y sacudió al muchacho.

—¡Vamos, pregúntale a ella!

El muchacho se acercó a la moza. Ella volvió a sonreír. El sonrió también.

—¿Cómo te llamas? —preguntó.

—Me llamo Fátima —dijo la moza, mirando al suelo.

121

—Es un nombre que tienen algunas mujeres de la tierra de donde vengo.

—Es el nombre de la hija del Profeta —dijo Fátima—. Los guerreros os llevarán hacia allá.

La delicada moza hablaba de los guerreros con orgullo. A su lado el inglés insistía, y el muchacho preguntó por el hombre que curaba todas las dolencias.

—Es un hombre que conoce los secretos del mundo. Conversa con los *djins* del desierto —dijo ella.

Los *djins* eran los demonios. Y la moza señaló hacia el sur, hacia el lugar donde vivía aquel hombre extraño.

Después llenó el cántaro y partió. El inglés partió también, en busca del Alquimista.

Y el muchacho permaneció mucho rato sentado al lado del pozo, entendiendo que algún día el Levante había dejado en su rostro el perfume de aquella mujer, y que ya la amaba antes incluso de saber que ella existía, y que su amor por ella haría que encontrase todos los tesoros del mundo.

Al día siguiente, el muchacho volvió junto al pozo, para esperar a la moza. Para sorpresa suya, encontró allá al inglés, mirando por primera vez hacia el desierto.

—Esperé por la tarde y por la noche —dijo el inglés—. El llegó junto con las primeras estrellas. Yo le dije lo que estaba buscando. Entonces él me preguntó si ya había transformado plomo en oro. Yo le dije que era esto lo que quería aprender.

»Me mandó que probase. Fue todo lo que me dijo: ve a probarlo.»

El muchacho permaneció en silencio. El inglés había viajado tanto para oír lo que ya sabía. En aquel momento recordó que él había dado seis ovejas al viejo rey por la misma razón.

—Entonces, pruebe —dijo al inglés.

—Es lo que voy a hacer. Y voy a empezar ahora.

Poco después de que saliera el inglés, llegó Fatima para sacar agua con su cántaro.

—He venido a decirte una cosa sencilla —dijo el muchacho—. Quiero que seas mi mujer. Yo te amo.

La moza dejó que su cántaro derramase el agua.

—Voy a esperarte aquí todos los días. Crucé el desierto en busca de un tesoro que se encuentra cerca de las pirámides. La guerra fue para mí una maldición. Ahora es una bendición, porque me deja cerca de ti.

—La guerra va a terminar un día —dijo la moza.

El muchacho miró las palmeras del oasis. Había sido pastor. Y allí existían muchas ovejas. Fátima era más importante que el tesoro.

—Los guerreros buscan sus tesoros —dijo la moza, como si estuviese adivinando el pensamiento del muchacho—. Y las mujeres del desierto están orgullosas de sus guerreros.

Después volvió a llenar su cántaro y se fue.

Todos los días iba el muchacho junto al pozo a esperar a Fátima. Le habló de su vida de pastor, le contó acerca del rey, de la tienda de cristales. Se hicieron amigos, y con la excepción de los quince minutos que pasaba con ella, el resto del día le resultaba infinitamente difícil de pasar. Cuando ya hacía casi un mes que estaba en el oasis, el Líder de la Caravana convocó a todos para una reunión.

—No sabemos cuándo va a terminar la guerra, y no podemos continuar el viaje —dijo—. Los combates pueden durar mucho tiempo, tal vez muchos años. Existen guerreros fuertes y valientes en los dos bandos y existe la honra de combatir en los dos ejércitos. No es una guerra entre buenos y malos. Es una guerra entre fuerzas que luchan por el mismo poder, y cuando esta clase de batalla comienza, dura más que las otras, porque Alá está de los dos lados.

Las personas se dispersaron. El muchacho volvió a encontrarse con Fátima aquella tarde y le habló de la reunión.

—El segundo día que nos encontramos —dijo Fátima—, tú me hablaste de tu amor. Después me enseñaste cosas bellas, como el Lenguaje y el Alma del Mundo. Todo esto me hace poco a poco ser parte de ti.

124

El muchacho oía su voz y la encontraba más bella que el murmullo del viento en las hojas de las palmeras.

—Hace mucho tiempo que estuve aquí en este pozo esperándote. No consigo acordarme de mi pasado, de la Tradición, de la manera como los hombres esperan que se comporten las mujeres del desierto. Desde niña soñaba que el desierto me traería el mayor regalo de mi vida. Este regalo llegó finalmente, y eres tú.

El muchacho pensó en tocar su mano. Pero Fatima tenía cogidas las asas del cántaro.

—Tú me hablaste de tus sueños, del viejo rey y del tesoro. Tú me hablaste de las señales. Entonces no tengo miedo de nada, porque fueron estas señales las que me trajeron tu persona. Y yo soy parte de este sueño, de tu Historia Personal, como sueles llamarla.

—Por esto quiero que sigas en dirección a lo que viniste a buscar. Si tienes que esperar el final de la guerra, muy bien. Pero si tienes que seguir antes, ve en dirección a tu Historia Personal. Las dunas cambian con el viento, pero el desierto permanece igual. Así sucederá con nuestro amor.

«Maktub» —dijo—. «Si yo formo parte de tu Historia Personal, volverás algún día.»

El muchacho salió triste del encuentro con Fátima. Se acordaba de mucha gente que había conocido. Los pastores casados tenían mucha dificultad en convencer a sus esposas de que necesitaban andar por los campos. El amor exigía estar junto a la persona amada.

Al día siguiente le contó todo esto a Fátima.

—El desierto se lleva nuestros hombres y no siempre los trae de regreso —dijo ella—. Entonces nos acostumbramos a ello. Y ellos pasan a existir en las nubes sin lluvia, en los animales que se esconden entre las piedras, en el agua que mana generosa de la tierra. Pasan a formar parte del todo, pasan a ser el Alma del Mundo.

»Algunos regresan. Y entonces todas las otras mujeres se sienten felices, porque los hombres que ellas esperan también pueden regresar un día. Antes yo miraba estas mujeres y envidiaba su felicidad. Ahora voy a tener también a una persona que esperar.

»Soy una mujer del desierto y me enorgullezco de ello. Quiero que mi hombre también camine libre como el viento que mueve las dunas. Quiero también poder ver a mi hombre en las nubes, en los animales y en el agua.»

El muchacho fue a buscar al inglés. Quería hablarle de Fátima. Se llevó una sorpresa al ver que el inglés había construido un pequeño horno al lado de su tienda. Era un horno extraño, con un frasco transparente encima. El inglés alimentaba el fuego con leña, y miraba el desierto. Sus ojos parecían tener más brillo cuando pasaba todo el tiempo leyendo libros.

—Esta es la primera fase del trabajo —dijo el inglés—. Tengo que separar el azufre impuro. Para esto no puedo tener miedo de fracasar. El miedo de fracasar fue lo que me impidió probar la Gran Obra hasta hoy. Es ahora que estoy comenzando lo que podía haber comenzado diez años atrás. Pero me siento feliz de no haber esperado veinte años para esto.

Y siguió alimentando el fuego y mirando el desierto. El muchacho se quedó un rato a su lado, hasta que el desierto empezó a teñirse de un color rosado con la luz del atardecer. Entonces sintió una inmensa voluntad de ir hasta allá

para ver si el silencio conseguía responder a sus preguntas.

Caminó sin rumbo durante algún tiempo, manteniendo al alcance de sus ojos las palmeras del oasis. Escuchaba el viento y sentía las piedras bajo sus pies. A veces encontraba alguna concha, y sabía que aquel desierto, en un tiempo remoto, había sido un gran mar. Después se sentó en una piedra y se dejó hipnotizar por el horizonte que tenía ante sí. No conseguía entender el Amor sin el sentimiento de posesión; pero Fátima era una mujer del desierto, y si alguien podía enseñarle esto era el desierto.

Permaneció así, sin pensar en nada, hasta que presintió un movimiento por encima de su cabeza. Mirando hacia el cielo, vio que eran dos gavilanes que volaban muy alto.

El muchacho se puso a mirar los gavilanes y los dibujos que trazaban en el cielo. Parecía una cosa desordenada, sin embargo, tenían algún sentido para el muchacho. Sólo que no lograba comprender su significado. Decidió entonces que debía seguir con los ojos el movimiento de las aves, tal vez pudiera leer algo. Tal vez el desierto pudiese explicarle el amor sin posesión.

Empezó a sentir sueño. Su corazón le pedía que no se durmiese: al contrario, debía entregarse. «Estaba penetrando en el Lenguaje del Mundo, y todo en esta tierra tiene sentido, incluso el vuelo de los gavilanes», dijo. Y aprovechó la ocasión para agradecer el hecho de estar lleno de amor por una mujer. «Cuando se ama, las cosas tienen todavía más sentido», pensó.

De repente, un gavilán hizo una rápida zambullida en el cielo y atacó a otro gavilán. Cuando el ave hizo esto, el muchacho tuvo una súbita y rápida visión: un ejército, con espadas desenvainadas, entrando en el oasis. La visión desapareció, pero aquello le dejó sobresaltado. Había oído hablar de los espejismos, y ya había visto algunos: eran deseos que se materializaban sobre la arena del desierto. Sin embargo, él no deseaba que un ejército invadiera el oasis.

Pensó en olvidar aquello y volver a su meditación. Trató nuevamente de concentrarse en el desierto color de rosa y en las piedras. Pero algo en su corazón no le dejaba tranquilo.

«Sigue siempre las señales», le había dicho el viejo rey. Y el muchacho pensó en Fatima. Se acordó de lo que había visto y presintió que estaba pronto a suceder.

Con mucha dificultad salió del trance en el que había entrado. Se levantó y se puso a caminar en dirección a las palmeras. Una vez más percibía los múltiples lenguajes de las cosas: esta vez, el desierto era seguro y el oasis se transformaba en peligro.

El camellero estaba sentado al pie de una palmera, contemplando también la puesta del sol. Vio como el muchacho salía de detrás de una de las dunas.

—Un ejército se aproxima —dijo—. Tuve una visión.

—El desierto llena de visiones el corazón de un hombre —respondió el camellero.

Pero el muchacho le habló de los gavilanes: estaba contemplando su vuelo cuando de repente se sumergió en el Alma del Mundo.

El camellero guardó silencio; comprendía lo que el muchacho estaba diciendo. Sabía que cualquier cosa en la faz de la tierra puede contar la historia de todas las cosas. Si abriese un libro en cualquier página, o mirase las manos de las personas, o cartas de la baraja, o el vuelo de los pájaros, o fuese lo que fuese, cualquier persona encontraría un lazo con lo que estaba viviendo. En realidad, no era que las cosas mostrasen nada; eran las personas que, mirando hacia las cosas, descubrían la manera de penetrar en el Alma del Mundo.

El desierto estaba lleno de hombres que se ganaban la vida porque podían penetrar con facilidad en el Alma del Mundo. Eran conocidos como Adivinos, y temidos por mujeres y viejos. Los Guerreros raramente los consultaban, porque era imposible entrar en una batalla sabiendo cuándo se va a morir. Los Guerreros preferían el sabor de la lucha y la emoción de lo desconocido; el futuro había sido escrito por Alá, y cualquier cosa que El hubiese escrito, era siempre para el bien del hombre. Entonces los Guerreros sólo tenían el presente, porque el presente estaba lleno de sorpresas, y ellos tenían que prestar atención a muchas cosas: dónde estaba la espada del enemigo, dónde estaba su caballo, cuál era el golpe que debían asestar para salvar la vida.

El camellero no era Guerrero, y ya había consultado algunos adivinos. Muchos habían dicho cosas ciertas, otros habían dicho cosas equivocadas. Hasta que uno de ellos, el más anciano (y el más temido), preguntó por qué el camellero estaba tan interesado en saber el futuro.

—Para poder hacer las cosas —respondió el camellero—. Y cambiar lo que no me gustaría que sucediese.

—Entonces dejará de ser tu futuro —repuso el adivino.

—Tal vez, entonces, quiero saber el futuro para prepararme para las cosas que vinieren.

—Si fuesen cosas buenas, será una agradable sorpresa —dijo el adivino—. Si fuesen cosas malas, estarás padeciendo mucho antes de que acontezcan.

—Quiero saber el futuro porque soy un hombre —dijo el camellero al adivino—. Y los hombres viven en función de su futuro.

El adivino guardó silencio unos instantes. El era espe-

130

cialista en el juego de varitas, que se echaban al suelo y se interpretaban según el modo como caían. Aquel día no jugó a las varitas. Envolviólas en el pañuelo y las volvió a guardar en el bolsillo.

—Me gano la vida adivinando el futuro de las personas —dijo—. Conozco la ciencia de las varitas, y sé cómo utilizarla para penetrar en este espacio donde todo está escrito. Allí puedo leer el pasado, descubrir lo que ya fue olvidado y entender las señales del presente.

»Cuando las personas me consultan, no estoy leyendo el futuro; estoy adivinando el futuro. Porque el futuro pertenece a Dios, y él sólo lo revela en circunstancias extraordinarias. ¿Y cómo consigo adivinar el futuro? Por las señales del presente. En el presente es donde está el secreto; si quieres prestar atención al presente, podrás mejorarlo. Y si mejoras el presente, lo que sucederá después también será mejor. Olvídate del futuro y vive cada día de tu vida en las enseñanzas de la Ley y en la confianza de que Dios cuida de sus hijos. Cada día trae en sí la Eternidad».

El camellero quiso saber cuáles eran las circunstancias en las que Dios permitía ver el futuro:

—Cuando Él mismo lo muestra. Y Dios muestra el futuro raramente, y por una razón única: es un futuro que fue escrito para ser cambiado.

Dios había mostrado un futuro al muchacho, pensó el camellero. Porque quería que el muchacho fuese Su instrumento.

—Ve a hablar con los jefes tribales —dijo el camellero—. Háblales de los guerreros que se aproximan.

—Se van a reír de mí.

—Son hombres del desierto, y los hombres del desierto están acostumbrados a las señales.

—Entonces ya lo deben saber.

—No se preocupan por ello. Creen que si tuviesen que saber algo que Alá quisiera decirles, alguien se lo dirá. Ya ocurrió antes muchas veces. Pero hoy esa persona eres tú.

El muchacho pensó en Fátima. Y decidió ir a ver a los jefes tribales.

—Traigo señales del desierto —dijo al guardián que estaba a la puerta de la gran tienda blanca en el centro del oasis—. Quiero ver a los jefes.

El guardián no dijo nada. Entró y estuvo allí dentro mucho rato. Después salió con un árabe joven, vestido de blanco y oro. El muchacho dijo al joven lo que había visto. El le rogó que aguardase un poco y volvió a entrar.

Cayó la noche. Entraron y salieron varios árabes y mercaderes. Lentamente las fogatas se fueron apagando y el oasis empezó a quedar tan silencioso como el desierto. Sólo la luz de la gran tienda permanecía encendida. Durante todo este tiempo, el muchacho pensaba en Fátima, aún sin entender la conversación de aquella tarde.

Finalmente, tras muchas horas de espera, el guardián mandó que el muchacho entrase.

Lo que vio le dejó extasiado. Jamás podía imaginar que, en medio del desierto, existiese una tienda como aquélla. El suelo estaba cubierto con las más bellas alfombras que había pisado en su vida, y del techo pendían arañas de metal amarillo labrado, cubierto de velas encendidas. Los jefes tribales estaban sentados al fondo de la tienda, en semicírculo, descansando sus brazos y piernas en cojines de seda con ricos bordados. Entraban y salían criados con bandejas de plata llenas de especies y té. Algunos se encargaban de mantener encendidas las ascuas de los narguilés. Un suave perfume de humo llenaba el ambiente.

Había ocho jefes, pero el muchacho se dio cuenta inmediatamente de cuál era el más importante: un árabe vestido de blanco y oro, sentado en el centro del semicírculo. A su lado estaba el joven árabe con quien había conversado antes.

—¿Quién es el extranjero que habla de señales? —preguntó uno de los jefes mirando hacia él.

—Soy yo —respondió. Y contó a continuación lo que había visto.

—¿Y por qué el desierto contaría eso a un extraño, cuando sabe que estamos aquí varias generaciones? —dijo otro jefe de tribu.

—Porque mis ojos todavía no se habían acostumbrado al desierto —respondió el muchacho—. Y yo puedo ver cosas que los ojos demasiado habituados ya no consiguen ver.

«Es porque yo sé acerca del Alma del Mundo», pensó consigo mismo. Pero no dijo nada, porque los árabes no creen en estas cosas.

—El oasis es un terreno neutral. Nadie ataca un oasis —dijo un tercer jefe.

—Yo solamente digo lo que vi. Si no quieren creer, no hagan nada.

Un completo silencio se abatió sobre la tienda, seguido de una exaltada conversación entre los jefes tribales. Hablaban en un dialecto árabe que el muchacho no entendía, pero cuando él hizo mención de marcharse, un guardián le dijo que se quedase. El muchacho empezó a sentir miedo; las señales decían que había alguna cosa equivocada. Lamentó haber conversado con el camellero sobre todo ello.

De repente, el anciano que estaba en el centro esbozó

una sonrisa casi imperceptible, y el muchacho se tranquilizó. El anciano no había tomado parte en la discusión y no había dicho una palabra hasta aquel momento. Pero el muchacho ya estaba acostumbrado al Lenguaje del mundo y pudo sentir una vibración de Paz que atravesaba la tienda de un extremo a otro. Su intuición le decía que había obrado correctamente al venir.

La discusión terminó. Permanecieron en silencio unos instantes, escuchando al anciano. Después, él se volvió hacia el muchacho: esta vez su rostro aparecía frío y distante.

—Hace dos mil años, en una tierra lejana, echaron a un pozo y vendieron como esclavo a un hombre que creía en los sueños —dijo el anciano—. Nuestros mercaderes lo compraron y lo trajeron a Egipto. Y todos nosotros sabemos que, el que cree en los sueños también sabe interpretarlos.

«Aunque no siempre logre realizarlos», pensó el muchacho, acordándose de la vieja gitana.

—Por causa de los sueños del faraón con las vacas flacas y gordas, este hombre libró a Egipto del hambre. Su nombre era José. Era también un extranjero en una tierra extranjera, como tú, y debía tener más o menos tu edad.

El silencio continuaba. Los ojos del anciano se mantenían fríos.

—Siempre seguimos la Tradición. La Tradición salvó a Egipto del hambre en aquella época, y lo hizo el más rico entre los pueblos. La Tradición enseña cómo los hombres deben atravesar el desierto y casar a sus hijas. La Tradición dice que un Oasis es un terreno neutral, porque ambos bandos tienen Oasis, y son vulnerables.

Nadie dijo una palabra mientras el anciano hablaba.

—Pero la Tradición dice también que creamos en los mensajes del desierto. Todo lo que sabemos nos lo enseñó el desierto.

El anciano hizo una seña y todos los árabes se levantaron. La reunión iba a terminar. Los narguilés fueron apagados y los guardianes se cuadraron. El muchacho se disponía a salir, pero el anciano todavía volvió a hablar.

−Mañana vamos a romper un acuerdo que dice que nadie en el oasis puede portar armas. Durante el día entero aguardaremos a los enemigos. Cuando el sol descienda en el horizonte, los hombres me devolverán las armas. Por cada diez enemigos muertos, tú recibirás una moneda de oro.

−Mientras tanto, las armas no pueden salir de su lugar sin experimentar la batalla. Son caprichosas como el desierto, y si las acostumbramos a esto, la próxima vez pueden tener pereza para disparar. Si ninguna de ellas ha sido utilizada mañana, por lo menos una será usada contra ti.

El oasis sólo estaba iluminado por la luna llena cuando el muchacho salió. Eran veinte minutos de caminata hasta su tienda y echó a andar.

Estaba asustado por todo lo que había sucedido. Se había sumergido en el Alma del Mundo y el precio por creer en ello era su vida. Una apuesta elevada. Pero había apostado alto desde el día en que había vendido sus ovejas para seguir su Historia Personal. Y como decía el camellero, morir mañana era tan bueno como morir en cualquier otro día. Cualquier día estaba hecho para ser vivido o para abandonar el mundo. Todo dependía solamente de una palabra: «Maktub».

Caminó en silencio. No estaba arrepentido. Si muriese mañana, sería porque Dios no tenía la voluntad de cambiar el futuro. Pero habría muerto después de haber cruzado el estrecho, trabajado en una tienda de cristales, conocido el silencio del desierto y los ojos de Fátima. Había vivido intensamente cada uno de sus días, desde que saliera de casa, hacía mucho tiempo. Si muriese mañana, sus ojos habrían visto muchas más cosas que los ojos de los otros pastores, y el muchacho se sentía orgulloso por ello.

De repente oyó un estruendo y fue arrojado súbitamente al suelo, con el impacto de un viento que no conocía. El

lugar se llenó de una polvareda que casi cubría la luna. Delante suyo, un enorme caballo blanco se empinó soltando un relincho aterrador.

El muchacho podía ver con dificultad lo que ocurría, pero cuando la polvareda se asentó un poco, sintió un pavor como jamás había sentido. Montado en el caballo iba un caballero todo vestido de negro, con un halcón sobre su hombro izquierdo. Llevaba un turbante y un pañuelo que le tapaba todo el rostro, dejando fuera solamente los ojos. Parecía un mensajero del desierto, pero su presencia era más fuerte que la de todas las personas que había conocido en la vida.

El extraño caballero sacó una enorme espada curva que traía sujeta en la silla. El acero brilló a la luz de la luna.

—¿Quién osó leer el vuelo de los gavilanes? —preguntó con una voz tan fuerte que pareció encontrar eco entre las cincuenta mil palmeras del Al-Fayoum.

—Yo osé —dijo el muchacho. Se acordó inmediatamente de la imagen de Santiago Matamoros con su caballo blanco con los infieles bajo las patas. Era exactamente así. Sólo que ahora la situación se hallaba invertida.

—Yo osé —repitió el muchacho, y bajó la cabeza para recibir el golpe de la espada—. Muchas vidas serán salvadas, porque vosotros no contabais con el Alma del Mundo.

La espada, sin embargo, no descendió rápida. La mano del extraño fue bajando despacio hasta que la punta de la hoja de acero tocó la cabeza del muchacho. Era tan afilada que salió una gota de sangre.

El caballero estaba completamente inmóvil. El muchacho también. No pensó siquiera un minuto en huir. Dentro de su corazón, hizo presa de él una gran alegría: moriría por su Historia Personal. Y por Fátima. Las señales era verdaderas, después de todo. Allí estaba el Enemigo, y por causa de esto él no tenía por qué preocuparse por la muerte, porque había un Alma del Mundo. Dentro de poco, estaría formando parte de ella. Y mañana el Enemigo formaría parte de ella también.

El extraño, sin embargo, sólo mantenía su espada junto a su cabeza.

—¿Por qué leíste el vuelo de los pájaros?

—Leí solamente lo que los pájaros querían contar. Ellos quieren salvar el oasis, y ustedes morirán. El oasis tiene más hombres que ustedes.

La espada continuaba en su cabeza.

—¿Quién eres tú para cambiar el destino de Alá?

—Alá hizo los ejércitos e hizo también los pájaros. Alá me mostró el lenguaje de los pájaros. Todo fue escrito por la misma Mano —dijo el muchacho, recordando las palabras del camellero.

El desconocido finalmente retiró la espada de la cabeza. El muchacho sintió cierto alivio. Pero no podía huir.

—Cuidado con las adivinaciones —dijo el extraño—. Cuando las cosas están escritas, no hay cómo evitarlas.

—Yo solamente vi un ejército —dijo el muchacho—. No vi el resultado de una batalla.

El caballero parecía satisfecho con la respuesta. Pero seguía empuñando la espada.

—¿Y qué hace un extranjero en una tierra extranjera?

—Busco mi Historia Personal. Algo que usted no entenderá nunca.

El caballero colocó la espada en la vaina y el halcón de su hombro lanzó un grito extraño. El muchachó empezó a relajarse.

—Necesitaba poner a prueba tu valor —dijo el extraño—. El valor es el don más importante para quien busca el Lenguaje del Mundo.

El muchacho se quedó sorprendido. Aquel hombre estaba hablando de cosas que poca gente conocía.

—Es preciso no flaquear nunca, incluso habiendo llegado tan lejos —prosiguió diciendo—. Es necesario amar el desierto, pero nunca confiar enteramente en él. Porque el desierto es una prueba para todos los hombres: prueba cada paso y mata al que se distrae.

Sus palabras le recordaban las palabras del anciano rey.

—Si llegan los guerreros y tu cabeza está todavía sobre tus hombros después de que se haya puesto el sol, búscame —dijo el extraño.

La misma mano que había sostenido la espada, empuñó un látigo. El caballo se empinó de nuevo, levantando una nube de polvo.

—¿Dónde vive usted? —gritó el muchacho mientras el caballero se alejaba.

La mano con el látigo señaló en dirección al sur.

El muchacho había encontrado al Alquimista.

A la mañana siguiente, había dos mil hombres armados entre las palmeras de Al-Fayoum. Antes de que el sol llegase a lo alto del cielo, quinientos guerreros aparecieron en el horizonte. Los caballeros entraron en el oasis por la parte norte; parecía una expedición de paz, pero tenían armas escondidas encima de los mantos blancos. Cuando llegaron cerca de la gran tienda que quedaba en el centro de Al-Fayoum, sacaron las cimitarras y los fusiles. Y atacaron una tienda vacía.

Los hombres del oasis rodearon a los caballeros del desierto. En media hora había cuatrocientos noventa y nueve cuerpos esparcidos por el suelo. Los niños estaban al otro extremo del bosque de palmeras y no vieron nada. Las mujeres rezaban por sus maridos en las tiendas y tampoco vieron nada. A no ser por los cuerpos esparcidos, el oasis parecía vivir un día normal.

Solamente un guerrero fue salvado, el comandante del batallón. Más tarde fue conducido a la presencia de los jefes tribales, que le preguntaron por qué había infringido la Tradición. El comandante dijo que sus hombres estaban con hambre y sed, exhaustos por tantos días de batalla y habían decidido tomar un oasis para poder reanudar la lucha.

El jefe tribal dijo que lo sentía por los guerreros, pero la Tradición jamás podía quebrantarse. Lo único que cambia en el desierto son las dunas, cuando sopla el viento.

Después condenó al comandante a una muerte sin honra. En vez de hacerle morir con el acero o con bala de fusil, se le ahorcó en una palmera también muerta. Su cuerpo se balanceó con el viento del desierto.

El jefe tribal llamó al extranjero y le dio cincuenta monedas de oro. Después volvió a recordar la historia de José en Egipto y le pidió que fuese el Consejero del Oasis.

Cuando el sol se hubo puesto por completo y empezaron a aparecer las primeras estrellas (no brillaban mucho, porque continuaba la luna llena) el muchacho echó a andar hacia el sur.

Sólo había una tienda, y algunos árabes que pasaban decían que el lugar estaba lleno de *djins*. Pero el muchacho se sentó y esperó mucho rato.

El Alquimista apareció cuando la luna ya estaba alta en el cielo. Traía sobre el hombro dos gavilanes muertos.

—Aquí estoy —dijo el muchacho.

—No debías estar —respondió el Alquimista—. ¿O acaso tu Historia Personal era llegar hasta aquí?

—Hay una guerra entre los clanes. No es posible cruzar el desierto.

El Alquimista bajó de su caballo e hizo una seña para que el muchacho entrase con él en la tienda. Era una tienda igual a las otras que había conocido en los oasis —con excepción de la central, que poseía el lujo de los cuentos de hadas—. Buscó los aparatos y hornos de alquimia, pero no encontró nada. Sólo había unos cuantos libros apilados, un fogón para cocinar y las alfombras llenas de dibujos misteriosos.

—Siéntate, que voy a preparar un té —dijo el Alquimista. Y comeremos juntos estos gavilanes.

El muchacho sospechó que eran los mismos pájaros que había visto el día anterior, pero no dijo nada. El Alquimista encendió el fuego, y al poco rato un delicioso olor de carne llenaba la tienda. Era mejor que el perfume de los narguilés.

—¿Por qué quiere usted verme? —dijo el muchacho.

—A causa de las señales —respondió el Alquimista—. El viento me dijo que vendrías. Y que necesitarías ayuda.

—No soy yo. Es el otro extranjero, el inglés. Es él quien lo estaba buscando.

—El tiene que encontrar otras cosas antes de encontrarme a mí. Pero está en el camino verdadero. Se fue a mirar el desierto.

—¿Y yo?

—Cuando se quiere una cosa, todo el Universo conspira para que la persona consiga realizar su sueño —dijo el Alquimista, repitiendo las palabras del anciano rey. El muchacho entendió. Otro hombre estaba en su camino, para conducirlo hasta su Historia Personal.

—Entonces, ¿usted me va a enseñar?

—No. Tú ya sabes todo lo que necesitas. Sólo voy a hacerte seguir en la dirección de tu tesoro.

—Hay una guerra entre los clanes —repitió el muchacho.

—Yo conozco el desierto.

—Ya encontré mi tesoro. Tengo un camello, el dinero de la tienda de cristales y cincuenta monedas de oro. Puedo ser un hombre rico en mi tierra.

—Pero nada de eso está cerca de las Pirámides —dijo el Alquimista.

—Tengo a Fátima. Es un tesoro mayor que todo éste que conseguí reunir.

—Tampoco ella está cerca de las Pirámides.

Se comieron a los gavilanes en silencio. El Alquimista

abrió una botella y vertió un líquido rojo en el vaso del muchacho. Era vino, uno de los mejores vinos que había tomado en su vida. Pero el vino estaba prohibido por la ley.

—El mal no es lo que entra en la boca del hombre —dijo el Alquimista—. El mal es lo que sale de ella.

El muchacho empezó a sentirse alegre con el vino. Pero el Alquimista le daba miedo. Se sentaron en el lado de fuera de la tienda, mirando el brillo de la luna, que oscurecía el de las estrellas.

—Bebe y distráete un poco —dijo el Alquimista, notando que el muchacho empezaba a estar cada vez más alegre—. Descansa como un guerrero siempre descansa antes del combate. Pero no olvides que tu corazón está donde está tu tesoro. Y que tu tesoro necesita ser encontrado, para que todo eso que has descubierto en el camino pueda tener sentido.

»Mañana vende tu camello y compra un caballo. Los camellos son traicioneros: andan millares de pasos y no dan ninguna señal de cansancio. Sin embargo, de repente, se arrodillan y mueren. Los caballos se van cansando poco a poco. Y tú podrás siempre saber cuanto puedes pedir de ellos o la época en que van a morir.»

A la noche siguiente, el muchacho compareció con un caballo a la tienda del Alquimista. Esperó un momento y él apareció montado en su animal y con el halcón en el hombro izquierdo.

—Muéstrame la vida en el desierto —dijo el Alquimista—. Sólo el que halla vida, puede encontrar tesoros.

Empezaron a caminar por las arenas, con la luna brillado sobre los dos.

«No sé si conseguiré encontrar vida en el desierto», pensaba el muchacho. «Todavía no conozco el desierto».

Quiso volverse y decirle esto al Alquimista, pero tenía miedo de él. Llegaron al lugar pedregoso, donde el muchacho había visto los gavilanes en el cielo; mientras tanto, todo era silencio y viento.

—No consigo encontrar vida en el desierto —dijo el muchacho. Sé que existe, pero no consigo encontrarla.

—La vida atrae la vida —respondió el Alquimista.

Y el muchacho comprendió. Al momento soltó las riendas de su caballo y éste corrió libremente por las piedras y la arena. El Alquimista seguía en silencio y el caballo del muchacho anduvo por espacio de casi media hora. Ya no podían ver las palmeras del oasis, solamente una luna gigantesca en el cielo y las rocas brillando con el color

de plata. De repente, en un lugar donde nunca había estado antes, el muchacho notó que el caballo se detenía.

—Aquí existe vida —respondió el muchacho al Alquimista—. No conozco el lenguaje del desierto, pero mi caballo conoce el lenguaje de la vida.

Desmontaron. El Alquimista no dijo nada. Empezó a mirar las piedras, caminando lentamente. De pronto, se paró y se agachó con todo cuidado. Había un agujero en el suelo, entre las piedras; el Alquimista metió la mano dentro del agujero, y después metió el brazo hasta el hombro. Algo se movía allí dentro, y los ojos del Alquimista —él sólo podía ver los ojos—se encogieron por el esfuerzo y la tensión. El brazo parecía luchar con lo que estaba dentro del agujero. Pero con un salto que asustó al muchacho, el Alquimista retiró el brazo y se puso inmediatamente de pie. Su mano tenía una serpiente agarrada por el rabo.

El muchacho también dio un salto, sólo que hacia atrás. La serpiente se debatía sin cesar, emitiendo ruidos y silbidos que herían el silencio del desierto. Era una naja, cuyo veneno podía matar a un hombre en pocos minutos.

«Cuidado con el veneno», llegó a pensar el muchacho. Pero el Alquimista había metido la mano en el agujero y ya debía haber sido mordido.

Sin embargo, su rostro estaba tranquilo. «El Alquimista tiene doscientos años», había dicho el inglés. Ya debía saber cómo tratar a las cobras en el desierto.

El muchacho vio cuando su compañero fue hasta el caballo y sacó una larga espada en forma de media luna. Con ella trazó un círculo en el suelo y colocó la cobra en medio. El animal se aquietó inmediatamente.

—Puedes estar tranquilo —dijo el Alquimista—. No va a salir de ahí. Y tú has descubierto la vida en el desierto, la señal que yo necesitaba.

—¿Por qué era eso tan importante?

—Porque las Pirámides están rodeadas de desierto.

El muchacho no quería oír hablar de las Pirámides. Su corazón estaba apesadumbrado desde la noche anterior. Porque seguir en busca de su tesoro significaba tener que abandonar a Fátima.

—Voy a guiarte por el desierto —dijo el Alquimista.

—Quiero quedarme en el oasis —respondió el muchacho—. Ya he encontrado a Fátima. Y ella para mí vale más que el tesoro.

—Fátima es una mujer del desierto —dijo el Alquimista—. Sabe que los hombres deben partir, para poder volver. Ella ya encontró su tesoro: tú. Ahora espera que tú encuentres lo que buscas.

—¿Y si yo decido quedarme?

—Serás el Consejero del Oasis. Tienes oro suficiente para comprar muchas ovejas y muchos camellos. Vas a casarte con Fátima y viviréis felices el primer año. Aprenderás a amar el desierto y vas a conocer cada una de las cincuenta mil palmeras. Percibirás cómo crecen, mostrando un mundo que cambia siempre. Y cada vez entenderás más las señales, porque el desierto es un maestro mejor que todos los maestros.

»Al segundo año te acordarás de que existe un tesoro. Las señales empezarán a hablar de esto con insistencia y tú tratarás de ignorarlas. Usarás tu saber solamente para el bienestar del oasis y de sus habitantes. Los jefes tribales te lo agradecerán. Tus camellos te reportarán riqueza y poder.

»Al tercer año las señales continuarán hablando de tu tesoro y de tu Historia Personal. Vas a pasarte noches y más noches andando por el oasis, y Fátima será una mujer triste, porque hizo que tu camino quedase interrumpido. Pero tú le darás amor y serás correspondido. Vas a recor-

dar que ella jamás te pidió que te quedases, porque una mujer del desierto sabe esperar a su hombre. Por eso no vas a culparla. Pero vas a andar muchas noches por las arenas del desierto y por entre las palmeras, pensando que quizá pudiste haber seguido adelante, haber confiado más en tu amor por Fatima. Porque lo que te mantuvo en el oasis fue tu propio miedo de no regresar nunca. Y a esas alturas, las señales te indicarán que tu tesoro está enterrado para siempre.

»Al cuarto año, las señales te abandonarán, porque no quisiste oírlas. Los Jefes Tribales lo entenderán y serás destituido del Consejo. A esas alturas serás un rico comerciante, con muchos camellos y muchas mercancías. Pero pasarás el resto de tus días vagando entre las palmeras y el desierto, sabiendo que no cumpliste tu Historia Personal y que ahora es demasiado tarde para ello.

»No habrás comprendido que el Amor nunca impide a un hombre seguir su Historia Personal. Cuando esto sucede, es porque no era el verdadero Amor, aquel que habla el Lenguaje del Mundo.»

El Alquimista deshizo el círculo del suelo y la cobra corrió y desapareció entre las piedras. El muchacho se acordaba del mercader de cristales que siempre quiso ir a la Meca y el inglés que buscaba un Alquimista. El muchacho se acordó de una mujer que confiaba en el desierto y el desierto le trajo la persona que deseaba amar.

Montaron en sus caballos y esta vez fue el muchacho quien siguió al Alquimista. El viento traía los ruidos del oasis, y él intentaba identificar la voz de Fátima. Aquel día no había ido al pozo por causa de la batalla.

Pero esta noche, mientras miraban una cobra dentro de

153

un círculo, el extraño caballero con su halcón sobre el hombro, había hablado de amor y de tesoros, de las mujeres del desierto y de su Historia Personal.

—Voy contigo —dijo el muchacho. E inmediatamente sintió paz en su corazón.

—Partiremos mañana antes de que salga el sol —fue la única respuesta del Alquimista.

El muchacho pasó la noche entera en vela. Dos horas antes de amanecer, despertó a uno de los chicos que dormía en su tienda y le pidió que le indicase dónde vivía Fátima. Salieron juntos y fueron para allá. A cambio de ello, le dio dinero para comprar una oveja. Después pidió que descubriese dónde dormía Fátima y que la despertase y dijera que la estaba esperando. El joven árabe hizo esto y a cambio ganó dinero para otra oveja.

—Ahora déjanos a solas —dijo el muchacho al joven árabe, que volvió a su tienda para dormir, orgulloso de haber ayudado al Consejero del Oasis y contento por tener dinero para comprar ovejas.

Fátima apareció a la puerta de la tienda. Los dos salieron para andar entre las palmeras.

El muchacho sabía que era contra la Tradición, pero no tenía ninguna importancia ahora.

—Voy a partir —dijo—. Y quiero que sepas que voy a volver. Yo te amo porque...

—No digas nada —le interrumpió Fátima—. Se ama porque se ama. No hay ninguna razón para amar.

Pero el muchacho continuó:

—Yo te amo porque tuve un sueño, encontré un rey, vendí cristales, crucé el desierto, los clanes declararon la guerra, y estuve en un pozo para saber dónde vivía un Alquimista. Yo te amo porque todo el Universo conspiró para que llegase hasta ti.

Los dos se abrazaron. Era la primera vez que un cuerpo se tocaba con el otro.

—Volveré —repitió el muchacho.

—Antes yo miraba el desierto con deseo —dijo Fátima—. Ahora será con esperanza. Mi padre partió, pero volvió para mi madre, y continúa volviendo siempre.

Y no dijeron nada más. Anduvieron un poco entre las palmeras y el muchacho la dejó a la puerta de la tienda.

—Volveré como tu padre volvió para tu madre —dijo.

Reparó en que los ojos de Fátima estaban llenos de lágrimas.

—¿Lloras?

—Soy una mujer del desierto —dijo ella, escondiendo el rostro—. Pero por encima de todo, soy una mujer.

Fátima entró en la tienda. Dentro de poco aparecería el sol. Cuando llegase el día, ella saldría para hacer lo que había hecho durante tantos años; pero todo había cambiado. El muchacho ya no estaba en el oasis, y el oasis ya no tendría el significado que tenía poco tiempo antes. Ya no sería el lugar con cincuenta mil palmeras y trescientos pozos, adonde llegaban los peregrinos contentos después de un largo viaje. El oasis, de aquel día en adelante, sería un lugar vacío para ella.

A partir de aquel día, el desierto sería más importante. Ella lo miraría siempre, intentando saber qué estrella estaba siguiendo el muchacho en busca del tesoro. Mandaría sus besos al viento, con la esperanza de que el viento tocase el rostro del muchacho y le dijese que ella estaba viva, esperándole como una mujer espera a un hombre valiente que va en busca de sueños y tesoros. A partir de aquel día el desierto sería una cosa solamente: la esperanza de su regreso.

—No pienses en lo que dejaste atrás —dijo el Alquimista, cuando comenzaron a cabalgar por las arenas del desierto—. Todo está grabado en el Alma del Mundo y allí permanecerá para siempre.

—Los hombres sueñan más con el regreso que con la partida —dijo el muchacho, que ya se estaba acostumbrando de nuevo al silencio del desierto.

—Sé que lo que tú encontraste está hecho de materia pura, jamás se corromperá. Y tú podrás volver un día. Si fue solamente un momento de luz, como la explosión de una estrella, entonces no vas a encontrar nada cuando vuelvas. Pero habrás visto una explosión de luz. Y esto sólo ya valió la pena.

El hombre hablaba en lenguaje de alquimia. Pero el muchacho sabía que se estaba refiriendo a Fátima.

Era difícil no pensar en lo que había dejado atrás. El desierto, con su paisaje casi siempre igual, solía llenarse de sueños. El muchacho todavía veía las palmeras, los pozos, y el rostro de la mujer amada. Veía al Inglés con su laboratorio, y al camellero que era un maestro y no lo sabía. «Tal vez el Alquimista no haya amado jamás», pensó el muchacho.

El Alquimista cabalgaba delante de él, con el halcón

sobre los hombros. El halcón conocía bien el lenguaje del desierto, y cuando paraban, abandonaba el hombro del Alquimista y volaba en busca de alimento. El primer día trajo una liebre. El segundo día trajo dos pájaros.

De noche extendían sus cobertores y no encendían fogatas. Las noches del desierto eran frías y fueron quedando oscuras a medida que la luna fue menguando en el cielo. Durante una semana anduvieron en silencio, conversando solamente sobre las precauciones necesarias para evitar los combates entre los clanes. La guerra continuaba, y el viento a veces traía el olor dulzón de la sangre. Alguna batalla se había librado por allí cerca, y el viento recordaba al muchacho que existía el Lenguaje de las Señales, siempre presto para mostrar lo que sus ojos no conseguían ver.

Cuando completaron siete días de viaje, el Alquimista resolvió acampar más pronto que de costumbre. El halcón salió en busca de caza y él sacó la cantimplora de agua y la ofreció al muchacho.

—Ahora ya estás casi al final del viaje —dijo el Alquimista—. Te felicito por haber seguido tu Historia Personal.

—Y usted me está guiando en silencio —dijo el muchacho—. Pensé que me enseñaría lo que sabe. Hace algún tiempo que estuve en el desierto con un hombre que tenía libros de Alquimia. Pero no conseguí aprender nada.

—Sólo existe una manera de aprender —respondió el Alquimista—. Es mediante la acción. Todo lo que tú necesitabas saber, el viaje te lo enseñó. Falta únicamente una cosa.

El muchacho quiso saber lo que era, pero el Alquimista mantenía los ojos fijos en el horizonte, esperando el retorno del halcón.

—¿Por qué le llaman a usted el Alquimista?

—Porque lo soy.

—¿Y en qué habían errado los otros alquimistas que buscaban oro y no lo conseguían?

—Buscaban tan sólo oro —respondió su compañero—. Buscaban el tesoro de su Historia Personal, sin desear vivir la propia Historia.

—¿Qué es lo que me falta saber? —insistió el muchacho.

Pero el Alquimista seguía oteando el horizonte. Al cabo de un rato regresó el halcón con la comida. Cavaron un hoyo y encendieron fuego dentro de él, para que nadie pudiese ver la luz de las llamas.

—Soy un Alquimista porque soy un Alquimista —dijo mientras preparaban la comida—. Aprendí la ciencia de mis abuelos que la habían aprendido de sus abuelos y así hasta la creación del mundo. En aquella época, toda la ciencia de la Gran Obra podía ser escrita en una simple esmeralda. Pero los hombres no dieron importancia a las cosas sencillas y empezaron a escribir tratados, interpretaciones y estudios filosóficos. Empezaron también a decir que sabían mejor el camino que los otros.

»Pero la Tabla de Esmeralda continúa viva hasta el día de hoy.»

—¿Qué es lo que estaba escrito en la Tabla de Esmeralda? —quiso saber el muchacho.

El Alquimista se puso a dibujar en la arena, y no lo hizo más de cinco minutos. Mientras él dibujaba, el muchacho se acordó del anciano rey y de la plaza donde se habían conocido un día; parecía como si hubieran pasado muchos años, muchísimos.

—Esto es lo que estaba escrito en la Tabla de Esmeralda —dijo el Alquimista, cuando acabó.

El muchacho se acercó y leyó las palabras en la arena.

—Es un código —dijo el muchacho, un tanto decepcionado con la Tabla de Esmeralda–. Parece como los libros del inglés.

–No –repuso el Alquimista–. Es como el vuelo de los gavilanes; no debe ser comprendida simplemente por la razón. La Tabla de Esmeralda es un pasaje directo para el Alma del Mundo.

–Los sabios entendieron que este mundo natural es solamente una imagen y una copia del Paraíso. La simple existencia de este mundo es una garantía de que existe un mundo más perfecto que él. Dios lo creó para que, a través de las cosas visibles, los hombres pudieran comprender sus enseñanzas espirituales y las maravillas de su sabiduría. Esto es lo que yo llamo Acción.

–¿Debo entender la Tabla de Esmeralda? –preguntó el muchacho.

–Quizá, si estuvieses en un laboratorio de Alquimia, ahora sería el momento adecuado para estudiar la mejor manera de entender la Tabla de Esmeralda. Sin embargo, estás en el Desierto. Entonces, sumérgete en el desierto. El sirve para comprender el mundo tanto como cualquier otra cosa sobre la faz de la tierra. Tú no necesitas entender el desierto: basta contemplar un simple grano de arena y verás en él todas las maravillas de la Creación.

–¿Cómo hago para sumergirme en el desierto?

–Escucha tu corazón, porque es eje del Alma del Mundo y un día volverá a ella.

Anduvieron en silencio otros dos días. El Alquimista estaba mucho más cauteloso, porque se acercaban a la zona de los combates más violentos. Y el muchacho trataba de escuchar su corazón.

Era un corazón difícil; antes estaba acostumbrado a partir siempre, y ahora quería llegar a toda costa. A veces, su corazón se pasaba muchas horas contando historias de nostalgias, otras veces se emocionaba con la salida del sol en el desierto y hacía que el muchacho llorase a escondidas. El corazón latía más de prisa cuando hablaba al muchacho sobre el tesoro y lo hacía más lentamente cuando los ojos del muchacho se perdían en el horizonte sin fin del desierto. Pero nunca estaba en silencio, incluso si el muchacho no cambiaba una palabra con el Alquimista.

—¿Por qué hemos de escuchar el corazón? —preguntó el muchacho cuando acamparon aquel día.

—Porque donde él esté, es donde estará tu tesoro.

—Mi corazón se halla agitado —dijo el muchacho—. Tiene sueños, se emociona y está apasionado por una mujer del desierto. Me pide cosas y no me deja dormir muchas noches, cuando pienso en ella.

—Es bueno. Tu corazón está vivo. Sigue escuchando lo que él tiene para decir.

162

En los tres días siguientes, los dos pasaron junto a algunos guerreros, y vieron a otros guerreros en el horizonte. El corazón del muchacho empezó a hablar sobre el miedo. Contábale al muchacho historias que había oído al Alma del Mundo, historias de hombres que fueron en busca de sus tesoros y jamás los encontraron. A veces asustaba al muchacho con el pensamiento de que podría no conseguir el tesoro, o podría morir en el desierto. Otras veces le decía que ya estaba satisfecho, que ya había encontrado un amor y muchas monedas de oro.

—Mi corazón es traicionero —dijo el muchacho al Alquimista, cuando pararon para descansar un poco los caballos—. No quiere que continúe.

—Eso es bueno —respondió el Alquimista—. Demuestra que tu corazón está vivo. Es natural cambiar por un sueño todo aquello que ya se consiguió.

—Entonces, ¿por qué debo escuchar mi corazón?

—Porque no conseguirás nunca mantenerlo callado. E incluso si finges no escuchar lo que dice, él estará dentro de tu pecho, repitiendo siempre lo que piensa sobre la vida y el mundo.

—¿Incluso aún siendo traicionero?

—La traición es el golpe que tú no esperas. Si conoces bien tu corazón, él jamás lo conseguirá. Porque tú conocerás tus sueños y tus deseos y sabrás tratar con ellos.

»Nadie logra huir de su corazón. Por eso es mejor escuchar lo que él dice. Para que jamás venga un golpe que tú no esperas.

El muchacho seguía escuchando su corazón, mientras caminaban por el desierto. Llegó a conocer sus artimañas y sus trucos y llegó a aceptarlo como era. Entonces el muchacho dejó de tener miedo, y dejó de tener ganas de volver, porque una tarde su corazón le dijo que estaba contento. «Incluso si protesto un poco», decía su corazón, «es porque soy un corazón de hombre, y los corazones de hombres son así. Tienen miedo de realizar sus mayores sueños, porque encuentran que no lo merecen o que no van a conseguirlos. Nosotros, los corazones, morimos de miedo sólo de pensar en amores que partieron para siempre, en momentos que podrían haber sido maravillosos y que no lo fueron, en tesoros que podrían haber sido descubiertos y quedaron para siempre escondidos en la arena. Porque cuando esto acontece, terminamos sufriendo mucho».

—Mi corazón tiene miedo de sufrir —dijo el muchacho al Alquimista, una noche en que miraban el cielo sin luna.

—Dile que el miedo de sufrir es peor que el propio sufrimiento. Y que ningún corazón jamás sufrió cuando fue en busca de sus sueños, porque cada momento de búsqueda es un momento de encuentro con Dios y con la Eternidad.

—Cada momento de búsqueda es un momento de encuentro —dijo el muchacho a su corazón. Mientras buscaba mi tesoro, todos los días fueron luminosos, porque yo sabía que cada hora formaba parte del sueño de encontrar. Mientras yo buscaba este mi tesoro, descubrí en el camino cosas que jamás había soñado encontrar, si no hubiese tenido el valor de intentar cosas imposibles para los pastores».

Entonces su corazón permaneció silencioso una tarde entera. De noche, el muchacho durmió tranquilo, y cuando despertó, su corazón empezó a hablarle de las cosas del Alma del Mundo. Dijo que todo hombre feliz era un hombre que llevaba a Dios dentro de sí. Y que la felicidad podría ser encontrada en un simple grano de arena del desierto, como había dicho el Alquimista. Porque un grano de arena es un momento de la Creación, y el Universo tardó millares de millones de años para crearlo. «Cada hombre sobre la faz de la Tierra tiene un tesoro que le está esperando», dijo su corazón. «Nosotros, los corazones, acostumbramos a hablar poco de estos tesoros, porque los hombres ya no quieren encontrarlos. Sólo hablamos a los niños. Después dejamos que la vida encamine a cada uno en dirección a su destino. Pero, desgraciadamente, pocos siguen el camino que les ha sido trazado y que es el de la Historia Personal, y de la felicidad. Les parece que el mundo es una cosa amenazadora, y por esto el mundo se convierte en una cosa amenazadora.

»Entonces nosotros, los corazones, vamos hablando cada vez más quedo, pero no nos callamos nunca. Y procuramos que nuestras palabras no sean oídas: no queremos que los hombres sufran porque no siguieron a sus corazones».

—¿Por qué los corazones no les dicen a los hombres que deben continuar siguiendo sus sueños? —preguntó el muchacho al Alquimista.

—Porque, en este caso, el corazón es el que sufre más. Y a los corazones no les gusta sufrir.

El muchacho entendió a su corazón a partir de aquel día. Pidió que nunca más lo dejase. Pidió que, cuando estuviese lejos de sus sueños, el corazón apretase en el pecho y diese la señal de alarma. El muchacho juró que siempre que escuchase esta señal, también la seguiría.

Aquella noche habló de todo ello con el Alquimista. Y el Alquimista comprendió que el corazón del muchacho se había vuelto hacia el Alma del Mundo.

—¿Qué hago ahora? —preguntó el muchacho.

—Sigue en dirección a las Pirámides —dijo el Alquimista—. Y continúa atento a las señales. Tu corazón ya es capaz de mostrarte el tesoro.

—¿Era eso lo que me faltaba saber?

—No —respondió el Alquimista—. Lo que te falta saber es lo siguiente:

»Siempre antes de realizar un sueño, el Alma del Mundo decide examinar todo aquello que se aprendió durante la caminata. Ella hace esto no porque sea mala, sino para que podamos, junto con nuestro sueño, conquistar también las lecciones que aprendemos siguiendo en dirección a él. Es el momento en que la mayor parte de las personas desiste. Es lo que llamamos, en lenguaje del desierto, "morir de sed cuando las palmeras ya aparecieron en el horizonte".

»Una búsqueda empieza siempre con la Suerte de Principiante. Y termina siempre con la Prueba del Conquistador».

El muchacho recordó un viejo proverbio de su tierra. Decía que la hora más oscura era la que venía antes de salir el sol.

Al día siguiente, apareció la primera señal concreta de peligro. Tres guerreros se aproximaron y preguntaron qué estaban haciendo los dos por allí.

—Vine a cazar con mi halcón —respondió el Alquimista.

—Necesitamos registrarles para ver si no llevan armas —dijo uno de los guerreros.

El Alquimista bajó despacio de su caballo. El muchacho hizo lo mismo.

—¿Para qué tanto dinero? —preguntó el guerrero, cuando vio la bolsa del muchacho.

—Para llegar a Egipto —dijo él.

El guardia que estaba registrando al Alquimista encontró un pequeño frasco de cristal lleno de líquido, y un huevo de vidrio amarillento, poco mayor que el huevo de una gallina.

—¿Qué son estas cosas? —preguntó el guardia.

—Es la Piedra Filosofal y el Elixir de la Larga Vida. Es la gran obra de los Alquimistas. El que tome este elixir nunca más estará enfermo y un trocito de esta piedra transforma cualquier metal en oro.

Los guardias rieron hasta más no poder, y el Alquimista rió con ellos. Habían encontrado muy graciosa la respuesta y les dejaron partir sin mayores contratiempos, con todas sus pertenencias.

—¿Está usted loco? —preguntó el muchacho al Alquimista, cuando ya se habían alejado bastante —. ¿Por qué lo hizo?

—Para mostrarte una sencilla ley del mundo —respondió el Alquimista—. Cuando tenemos los grandes tesoros delante de nosotros, nunca nos damos cuenta. ¿Y sabes por qué? Porque los hombres no creen en los tesoros.

Siguieron andando por el desierto. Cada día que pasaba, el corazón del muchacho iba quedando más silencioso. Ya no quería saber de las cosas pasadas o de las cosas futuras; se contentába con contemplar también el desierto, y beber junto con el muchacho del Alma del Mundo. El y su corazón se hicieron grandes amigos, el uno pasó a ser incapaz de traicionar al otro.

Cuando el corazón hablaba, era para dar estímulo y fuerza al muchacho, que a veces enontraba terriblemente aburridos los días de silencio. El corazón le habló por primera vez de sus grandes cualidades: su valor al abandonar las ovejas, al vivir su Historia Personal, y su entusiasmo en la tienda de cristales.

Le habló también de una cosa en la que el muchacho

nunca había reparado: los peligros cerca de los cuales había pasado y que él nunca había percibido. Su corazón dijo que una vez había escondido la pistola que él le había robado al padre, porque había una gran probabilidad de que se hiriese con ella. Y recordó un día en que el muchacho se había encontrado mal en pleno campo, había vomitado y luego se había quedado mucho rato dormido: había dos asaltantes más adelante que estaban planeando robarle las ovejas y asesinarlo. Pero como el muchacho no aparecía, decidieron marcharse, creyendo que había cambiado de ruta.

—¿Los corazones siempre ayudan a los hombres? —preguntó el muchacho al Alquimista.

—Sólo los que viven su Historia Personal. Pero ayudan mucho a los niños, a los borrachos y a los viejos.

—¿Quiere decir entonces que no hay peligro?

—Quiere decir solamente que los corazones se esfuerzan al máximo —respondió el Alquimista.

Cierta tarde pasaron por el campamento de uno de los clanes. Había árabes con vistosas ropas blancas, con armas por todas partes. Los hombres fumaban narguilé y conversaban sobre los combates. Ninguno prestó mayor atención a los dos viajeros.

—No hay ningún peligro —dijo el muchacho cuando ya se habían alejado un poco del campamento.

El Alquimista se puso furioso.

—Confía en tu corazón —dijo—, pero no olvides que estás en el desierto. Cuando los hombres están en guerra, el Alma del Mundo también percibe los gritos de combate. Nadie deja de sufrir las consecuencias de cada cosa que sucede bajo el sol.

«Todo es una sola cosa», pensó el muchacho.

Y como si el desierto quisiera mostrar que el viejo Alquimista estaba en lo cierto, dos jinetes surgieron por detrás de los viajeros.

—No podéis seguir adelante —dijo uno de ellos—. Estáis en las arenas donde se libran los combates.

—No voy muy lejos —respondió el Alquimista, mirando profundamente a los ojos de los guerreros. Ellos quedaron silenciosos unos minutos y después accedieron a que los dos continuaran su viaje.

El muchacho presenció aquello todo fascinado.

—Usted dominó a los guardias con la mirada.

—Los ojos muestran la fuerza del alma —respondió el Alquimista.

Era verdad, pensó el muchacho. Había percibido que, en medio de la multitud de soldados en el campamento, uno de ellos estaba mirando fijamente hacia los dos. Y se hallaba tan lejos, que no era posible verle directamente la cara. Pero el muchacho estaba seguro de que les estaba mirando a ellos.

Finalmente, cuando empezaron a franquear una montaña que se extendía por todo el horizonte, el Alquimista dijo que faltaban dos días para llegar hasta las Pirámides.

—Si vamos a separarnos en seguida —respondió el muchacho—, enséñeme Alquimia.

—Tú ya sabes. Es penetrar en el Alma del Mundo y descubrir el tesoro que ella reservó para nosotros.

—No es eso lo que quiero saber. Hablo de transformar plomo en oro.

El Alquimista respetó el silencio del desierto y sólo respondió al muchacho cuando se detuvieron para comer.

—Todo en el Universo evoluciona —dijo—. Y para los sabios, el oro es el metal más evolucionado. No preguntes por qué; no lo sé. Sólo sé que la Tradición siempre está segura.

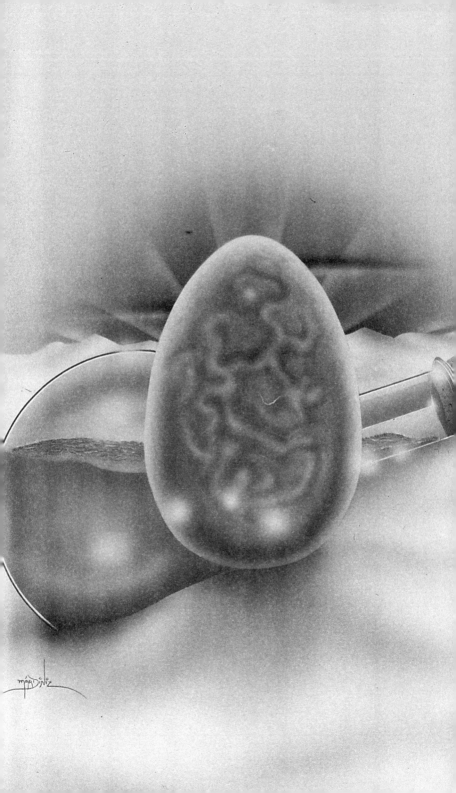

»Lo que ocurre es que los hombres no interpretaron bien las palabras de los sabios. Y en vez de símbolo de evolución, el oro pasó a ser la señal de las guerras».

—Las cosas hablan muchos lenguajes —dijo el muchacho—. Vi cuando el relincho del camello era solamente un relincho, después pasó a ser señal de peligro y finalmente volvió a ser un relincho.

Pero calló. El Alquimista debía saber todo aquello.

—Conocí a verdaderos alquimistas —prosiguió diciendo—. Se encerraban en el laboratorio y trataban de evolucionar como el oro; descubrían la Piedra Filosofal. Porque habían comprendido que cuando una cosa evoluciona, evoluciona también todo lo que está a su alrededor.

»Otros consiguieron la piedra por accidente. Ya tenían el don, sus almas estaban más despiertas que las de las otras personas. Pero éstos no cuentan, porque son escasos.

»Otros, finalmente, buscaban sólo el oro. Estos jamás descubrieron el secreto. Se olvidaron de que el plomo, el cobre, el hierro, también tienen su Historia Personal que cumplir. El que interfiere en la Historia Personal de los otros, nunca descubrirá la suya».

Las palabras del Alquimista sonaron como una maldición. Se agachó y cogió una concha del suelo del desierto.

—Esto un día fue un mar —dijo.

—Ya me había dado cuenta —respondió el muchacho.

El Alquimista pidió al muchacho que colocase la concha junto al oído. El ya lo había hecho muchas veces siendo niño, y escuchaba el rumor del mar.

—El mar sigue dentro de esta concha, porque es su Historia Personal. Y nunca la abandonará, hasta que el desierto se cubra nuevamente de agua.

Luego montaron en sus caballos y siguieron en dirección a las Pirámides de Egipto.

El sol había empezado a descender, cuando el corazón del muchacho dio señal de peligro. Estaban en medio de gigantescas dunas y el muchacho miró hacia el Alquimista, pero éste parecía no haber notado nada. Cinco minutos después, el muchacho distinguió dos jinetes delante de él, las siluetas recortadas contra el sol. Antes de que pudiese hablar con el Alquimista, los dos jinetes se convirtieron en diez, después en ciento, hasta que las gigantescas dunas quedaron cubiertas de ellos.

Eran guerreros vestidos de azul, con una tiara negra sobre el turbante. Los rostros estaban cubiertos por otro velo azul, dejando sólo los ojos al descubierto.

Aun a lo lejos, los ojos mostraban la fuerza de sus almas. Y los ojos hablaban de muerte.

Llevaron a los dos a un campamento militar de las inmediaciones. Un soldado empujó al muchacho y al Alquimista al interior de una tienda. Era una tienda diferente de las que había conocido en el oasis; allí estaba un comandante reunido con su estado mayor.

—Son los espías —dijo uno de los hombres.

—Somos solamente viajeros —respondió el Alquimista.

—Se os vio en el campamento enemigo hace tres días. Y conversabais con uno de los guerreros.

—Soy un hombre que camina por el desierto y conoce las estrellas —dijo el Alquimista—. No tengo informaciones de tropas o movimiento de los clanes. Sólo guiaba a mi amigo hasta aquí.

—¿Quién es tu amigo? —preguntó el comandante.

—Un Alquimista —dijo el Alquimista—. Conoce los poderes de la naturaleza y desea mostrar al comandante su capacidad extraordinaria.

El muchacho oía en silencio. Y con miedo.

—¿Qué hace un extranjero en una tierra extraña? —dijo otro hombre.

—Ha traído dinero para ofrecer a vuestro clan —respondió el Alquimista, antes de que el muchacho dijese alguna palabra. Y cogiendo la bolsa del muchacho, entregó las monedas de oro al general.

El árabe aceptó en silencio. Daba para comprar muchas armas.

—¿Qué es un Alquimista? —preguntó finalmente.

—Un hombre que conoce la naturaleza y el mundo. Si él quisiera, destruiría este campamento sólo con la fuerza del viento.

Los hombres rieron. Estaban acostumbrados a la fuerza de la guerra, y el viento no detiene un golpe mortal. Sin embargo, dentro del pecho de cada uno de ellos, sus corazones se angustiaron. Eran hombres del desierto y tenían miedo de los hechiceros.

—Quiero ver —dijo el general.

—Necesitamos tres días —respondió el Alquimista—. Y él se transformará en viento, sólo para mostrar la fuerza de su poder. Si no lo consigue, nosotros os ofreceremos humildemente nuestras vidas para honra de vuestro clan.

—No puedes ofrecerme lo que ya es mío —dijo, arrogante, el general.

Pero concedió los tres días a los viajeros.

El muchacho estaba paralizado de terror. Salió de la tienda porque el Alquimista le cogió de los brazos.

—No dejes que se den cuenta de que tienes miedo —dijo el Alquimista—. Son hombres valerosos y desprecian a los cobardes.

No obstante, el muchacho estaba sin voz. Sólo consiguió hablar al cabo de un rato, mientras caminaban por en medio del campamento. No había necesidad de prisión: los árabes se limitaron a quitarles los caballos. Y otra vez el mundo mostró sus múltiples lenguajes: el desierto, antes

176

un terreno libre y sin fin, era ahora un muro infranqueable.

—¡Usted dio todo mi tesoro! —dijo el muchacho—. ¡Todo lo que gané en toda mi vida!

—¿Y de qué te valdría, si tuvieses que morir? —respondió el Alquimista—. Tu dinero te ha salvado por tres días. Pocas veces el dinero sirve para retrasar la muerte.

Pero el muchacho estaba demasiado aterrado para oír palabras sabias. No sabía cómo transformarse en viento. No era un Alquimista.

El Alquimista pidió té a un guerrero y puso un poco en las muñecas del muchacho. Una oleada de tranquilidad llenó su cuerpo, mientras el Alquimista decía algunas palabras que él no lograba comprender.

—No te entregues a la desesperación —dijo el Alquimista, con una voz extrañamente dulce—. Esto hace que no consigas conversar con tu corazón.

—Pero yo no sé transformarme en viento.

—El que vive su Historia Personal, sabe todo lo que precisa saber. Sólo una cosa hace imposible un sueño: el miedo de fracasar.

—No tengo miedo de fracasar. Sólo que no sé transformarme en viento.

—Pues tendrás que aprender. Tu vida depende de esto.

—¿Y si no lo consigo?

—Morirás, aun cuando viva tu Historia Personal. Esto es mucho mejor que morir como millones de personas que jamás supieron que existía una Historia Personal.

»Sin embargo, no te preocupes. Generalmente la muerte hace que las personas lleguen a ser más sensibles a la vida.»

Pasó el primer día. Hubo una gran batalla en las inmediaciones, y varios heridos fueron llevados al campamento militar. «Nada cambia con la muerte», pensaba el muchacho. Los guerreros que morían eran sustituidos por otros y la vida continuaba.

—Podrías haber muerto más tarde, amigo mío —dijo el guardia al cadáver de un compañero suyo—. Podrías haber muerto cuando llegase la paz. Pero acabarías muriendo de todas formas.

Al final del día, el muchacho fue a buscar al Alquimista. Estaba llevando el halcón hacia el desierto.

—No sé transformarme en viento —repitió el muchacho.

—Acuérdate de lo que te dije: de que el mundo es solamente la parte visible de Dios. De que *la Alquimia es traer hacia el plano material la perfección espiritual*.

—¿Qué hace usted?

—Alimento a mi halcón.

—Si no consigo transformarme en viento, vamos a morir —dijo el muchacho—. ¿Para qué alimentar al halcón?

—El que va a morir eres tú —dijo el Alquimista—. Yo sé transformarme en viento.

Al segundo día, el muchacho subió a lo alto de una peña que quedaba cerca del campamento. Los centinelas le dejaron pasar; ya habían oído hablar del brujo que se transformaba en viento, y no querían estar cerca de él. Además, el desierto era un grande e infranqueable muro.

Se pasó el resto de la tarde del segundo día mirando el desierto. Escuchaba su corazón. Y el desierto escuchaba su miedo.

Ambos hablaban el mismo idioma.

Al tercer día el general se reunió con los principales comandantes.

—Vamos a ver al chico que se transforma en viento —dijo el general al Alquimista.

—Vamos a ver —respondió el Alquimista.

El muchacho los condujo hasta el lugar donde había estado en el día anterior. Entonces pidió que todos se sentasen.

—Voy a tardar un poco —dijo el muchacho.

—No tenemos prisa —respondió el general—. Somos hombres del desierto.

El muchacho se puso a mirar el horizonte ante sí. Había montañas a lo lejos, había dunas, rocas y plantas rastreras que se empeñaban en vivir donde la supervivencia era imposible. Allí estaba el desierto, que él había recorrido durante tantos meses y del cual, aun así, sólo conocía una parte muy pequeña. En esta pequeña parte, había encontrado ingleses, caravanas, guerras de clanes y un oasis con cincuenta mil palmeras y trescientos pozos.

—¿Qué quieres tú hoy aquí? —preguntó el desierto—. ¿No nos contemplamos ya ayer lo suficiente?

—En algún punto tú guardas a una persona que yo amo —dijo el muchacho—. Entonces, cuando yo miro tus arenas la contemplo también a ella. Quiero volver a ella y necesito tu ayuda para transformarme en viento.

—¿Qué es el amor? —preguntó el desierto.

—El amor es cuando el halcón vuela sobre tus arenas. Porque para él tú eres un campo verde y él nunca regresó sin caza. El conoce tus rocas, tus dunas y tus montañas, y tú eres generoso con él.

—El pico del halcón saca trozos de mí —dijo el desierto—. Durante años yo crío su caza, alimento con la poca agua que tengo, muestro dónde está la comida. Y un día, baja el halcón del cielo, justamente cuando yo ya me estaba encariñando con la caza sobre mis arenas. Y él se lleva lo que yo crié.

—Pero tú criaste la caza para eso —respondió el muchacho—. Para alimentar al halcón. Y el halcón alimentará al hombre. Y el hombre entonces alimentará un día tus arenas, de donde la caza volverá a surgir. Así se mueve el mundo.

—¿Y eso es amor?

—Esto es amor. Es lo que hace la caza transformarse en halcón, el halcón en hombre y el hombre de nuevo en desierto. Y lo que hace que el plomo se transforme en oro; y el oro vuelva a esconderse bajo la tierra.

—No entiendo tus palabras —dijo el desierto.

—Entiende entonces que en algún lugar de tus arenas una mujer me espera. Y para eso debo transformarme en viento.

El desierto quedó en silencio unos instantes.

—Yo te doy mis arenas para que el viento pueda soplar. Pero yo solito no puedo hacer nada. Pide ayuda al viento.

Empezó a soplar una pequeña brisa. Los comandantes miraban al muchacho a lo lejos, hablando un lenguaje que ellos no conocían.

El Alquimista sonreía.

El viento llegó cerca del muchacho y le tocó el rostro. Había escuchado su conversación con el desierto, porque los vientos siempre lo saben todo. Recorrían el mundo sin un lugar donde nacer y sin un lugar donde morir.

—Ayúdame —dijo el muchacho al viento—. Una vez escuché en ti la voz de mi amada.

—¿Quién te enseñó a hablar el lenguaje del desierto y del viento?

—Mi corazón —respondió el muchacho.

El viento tenía muchos nombres. Allí se le llamaba *siroco*, porque los árabes creían que venía de las tierras cubiertas de agua, donde habitaban hombres negros. En la tierra lejana de donde venía el muchacho lo llamaban viento de Levante, porque creían que traía las arenas del desierto y los gritos de guerra de los moros. Tal vez en un lugar más lejano de los campos de ovejas los hombres pensasen que el viento nacía en Andalucía. Pero el viento no venía de ningún lugar y no iba a ningún lugar, y por esto era más fuerte que el desierto. Un día ellos podrían plantar árboles en el desierto, e incluso criar ovejas, pero jamás lograrían dominar el viento.

—Tú no puedes ser el viento —dijo el viento—. Somos de naturalezas diferentes.

—No es verdad —dijo el muchacho—. Conocí los secretos de la Alquimia, mientras recorría el mundo contigo. Tengo en mí los vientos, los desiertos, los océanos, las estrellas y todo lo que fue creado en el Universo. Fuimos hechos por la misma Mano y tenemos la misma Alma. Quiero ser como tú, penetrar en todos los lugares, atravesar los mares, sacar la arena que cubre mi tesoro, traer cerca de mí la voz de mi amada.

—Oí tu conversación con el Alquimista el otro día —dijo el viento—. El dijo que cada cosa tiene su Historia Personal. Las personas no pueden transformarse en viento.

—Enséñame a ser viento por unos instantes —dijo el muchacho—. Para que podamos conversar sobre las posibilidades ilimitadas de los hombres y de los vientos.

El viento era curioso, y aquello era una cosa que él no conocía. Le gustaría conversar sobre aquel asunto, pero no

184

sabía cómo transformar hombres en viento. ¡Y mira que él conocía tantas cosas! Construía desiertos, hundía navíos, derribaba selvas enteras y paseaba por ciudades llenas de música y de ruidos extraños. Le parecía que era ilimitado, y sin embargo, allí estaba un muchacho diciendo que todavía había más cosas que un viento podía hacer.

—Es eso que llaman Amor —dijo el muchacho, al ver al viento casi cediendo a su demanda—. Cuando se ama, se consigue ser cualquier cosa de la Creación. Cuando amamos no tenemos ninguna necesidad de comprender lo que sucede, porque todo pasa a suceder dentro de nosotros, y los hombres pueden transformarse en viento. Si es que los vientos ayudan, claro.

El viento era muy orgulloso y se enojó con lo que el muchacho decía. Empezó a soplar con más velocidad, levantando las arenas del desierto. Pero finalmente tuvo que reconocer que, aun habiendo recorrido el mundo entero, no sabía cómo transformar hombres en vientos. Y no conocía el Amor.

—Mientras paseaba por el mundo, noté que muchas personas hablaban de amor mirando hacia el cielo —dijo el viento, furioso por tener que admitir sus limitaciones—. Tal vez sea mejor preguntarlo al cielo.

—Entonces, ayúdame —dijo el muchacho—. Llena este lugar de polvo, para que yo pueda mirar el sol sin quedar ciego.

El viento entonces sopló con mucha fuerza y el cielo quedó lleno de arena, dejando solamente un disco dorado en el lugar del sol.

En el campamento estaba resultando difícil ver nada. Los hombres del desierto ya conocían aquel viento. Le llamaban *Simún*, y era peor que una tempestad en el mar, porque ellos no conocían el mar. Los caballos relinchaban, y las armas empezaron a quedar llenas de arena.

En la peña, uno de los comandantes se volvió hacia el general y dijo:

—Tal vez sea mejor no pasar de ahí.

Ya casi no podían distinguir al muchacho. Los rostros estaban cubiertos por los pañuelos azules y los ojos ahora sólo reflejaban espanto.

—Vamos a poner fin a esto —insistió otro comandante.

—Quiero ver la grandeza de Alá —dijo con respeto el general—. Quiero ver cómo los hombres se transforman en viento.

Pero anotó mentalmente los nombres de los dos hombres que habían tenido miedo. Tan pronto como parase el viento, los destituiría de sus mandos, porque los hombres del desierto no sienten miedo.

—El viento me dijo que tú conoces el Amor —dijo el muchacho al Sol—. Si conoces el Amor, conoces también el Alma del Mundo, que está hecha de Amor.

—Desde aquí donde estoy —dijo el Sol—, puedo ver el Alma del Mundo. Ella se comunica con mi alma, y nosotros, juntos, hacemos crecer las plantas y que las ovejas caminen en busca de sombra. Desde aquí donde estoy —y estoy muy lejos del mundo—aprendí a amar. Sé que si me acercase un poco más a la Tierra, todo lo que hay en ella moriría, y el Alma del mundo dejaría de existir. Entonces nos contemplamos y nos queremos, y yo le doy vida y calor, y ella me da una razón para vivir.

—Tú conoces el Amor —dijo el muchacho.

—Y conozco el Alma del Mundo, porque conversamos mucho en este viaje sin fin por el Universo. Ella me dice que su mayor problema es que hasta hoy solamente los minerales y los vegetales han comprendido que todo es una cosa sola. Y para esto no hace falta que el hierro sea igual al cobre, y que el cobre sea igual al oro. Cada uno cumple su función exacta en esta cosa única, y todo sería una Sinfonía de Paz si la Mano que escribió todo esto se hubiese parado en el quinto día de la creación.

»Pero hubo un sexto día» —dijo el Sol.

—Tú eres sabio porque todo lo ves a distancia —respondió el muchacho—. Pero no conoces el Amor. Si no hubiese un sexto día de la creación, no existiría el hombre, y el cobre sería siempre cobre, y el plomo sería siempre plomo. Cada uno tiene su Historia Personal, es verdad, pero un día esta Historia Personal será cumplida. Entonces es preciso transformarse en algo mejor, y tener una nueva Historia Personal, hasta que el Alma del Mundo sea realmente una cosa solamente.

El sol quedó pensativo y decidió brillar más intensamente. El viento, al que le gustaba la conversación, sopló también más intensamente, para que el sol no cegase al muchacho.

—Para esto existe la Alquimia —dijo el muchacho—. Para que cada hombre busque su tesoro, y lo encuentre, y después quiera ser mejor de lo que fue en su vida anterior. El plomo cumplirá su papel hasta que el mundo no necesite más plomo; entonces él tendrá que transformarse en oro.

—Los Alquimistas hacen esto. Muestran que, cuando tratamos de ser mejores de lo que somos, todo a nuestro alrededor se vuelve mejor también.

—¿Y por qué dices que yo no conozco el Amor? —preguntó el Sol.

—Porque el amor no es estar parado como el desierto, ni correr el mundo como el viento, ni ver todo de lejos, como tú. El Amor es la fuerza que transforma y mejora el Alma del Mundo. Cuando penetré en ella por primera vez, encontré que era perfecta. Pero después vi que era un reflejo de todas las criaturas, y tenía sus guerras y sus pasiones. Somos nosotros quienes alimentamos el Alma del Mundo, y la tierra donde vivimos será mejor o peor, si nos hacemos mejores o peores. Es ahí donde entra la fuerza del Amor, porque cuando amamos, siempre deseamos ser mejores de lo que somos.

—¿Qué es lo que quieres de mí? —preguntó el Sol.

—Que me ayudes a transformarme en viento —respondió el muchacho.

—La Naturaleza me conoce como la más sabia de todas las criaturas —dijo el Sol—. Pero no sé cómo transformarte en viento.

—¿Con quién debo hablar, entonces?

Por un momento, el sol guardó silencio. El viento estaba oyendo e iría diciendo por todo el mundo que su sabiduría era limitada. Sin embargo, no podía huir de aquel muchacho que hablaba el Lenguaje del Mundo.

—Conversa con la Mano que lo escribió todo —dijo el Sol.

El viento gritó de contento y sopló con más fuerza que nunca. Las tiendas empezaron a ser arrancadas de la arena y los animales se soltaron de sus riendas. En la peña, los hombres se agarraban unos a otros para no ser arrojados lejos.

El muchacho se volvió entonces hacia la Mano que Todo lo Había Escrito. Y en vez de decir nada, sintió que el Universo quedaba en silencio y quedó él en silencio también.

Una fuerza de Amor brotó de su corazón, y comenzó a rezar. Era una oración que nunca había hecho antes, porque era una oración sin palabras y sin peticiones. No daba gracias porque las ovejas hubieran encontrado un pasto, ni imploraba para vender más cristales, ni pedía para que la mujer que había encontrado esperase su regreso. En el silencio que siguió, el muchacho entendió que el desierto, el viento y el sol también buscaban las señales que aquella Mano había escrito, y trataban de cumplir sus caminos sin entender lo que estaba escrito en una sencilla esmeralda. Sabía que aquellas señales estaban esparcidas por la Tierra y por el Espacio, y que en su apariencia no tenían ningún motivo o significado, y que ni los desiertos, ni los vientos, ni los soles y ni los hombres sabían por qué habían sido creados. Pero aquella Mano tenía un motivo para todo esto, y sólo ella era capaz de obrar milagros, de transformar océanos en desiertos y hombres en viento. Porque sólo ella entendía que un designio mayor empujaba al Universo hacia un punto en el que los seis días de la creación se transformarían en la Gran Obra.

Y el muchacho se sumió en el Alma del Mundo, y vio que el Alma del Mundo era parte del Alma de Dios, y también vio que el Alma de Dios era su propia alma. Y que podía, entonces, realizar milagros.

El *simún* sopló aquel día como jamás había soplado. Durante muchas generaciones los árabes contaron entre sí la leyenda de un muchacho que se había transformado en viento, casi había destruido un campamento militar, y desafiado el poder del más importante general del desierto.

Cuando el *simún* cesó de soplar, todos miraron hacia donde el muchacho estaba. El ya no estaba allí; estaba junto a un centinela cubierto de arena y que vigilaba el otro lado del campamento.

Los hombres estaban aterrados con aquella brujería. Sólo dos personas sonreían: el Alquimista, porque había encontrado a su discípulo verdadero, y el General, porque el discípulo había comprendido la gloria de Dios.

Al día siguiente, el general se despidió del muchacho y del Alquimista y pidió que una escolta les acompañase hasta donde los dos quisieran.

Caminaron el día entero. Cuando estaba atardeciendo, llegaron ante un monasterio copto. El Alquimista despidió la escolta y bajó de su caballo.

–A partir de aquí irás tú solo –dijo el Alquimista–. Faltan solamente tres horas hasta las Pirámides.

–Muchas gracias –dijo el muchacho–. Usted me enseñó el Lenguaje del Mundo.

–Yo sólo recordé lo que tú ya sabías.

El Alquimista llamó a la puerta del monasterio. Un monje completamente vestido de negro vino a abrir. Hablaron algo en lengua copta y el alquimista invitó al muchacho a entrar.

–Pedí que me prestase un poco la cocina.

Fueron hasta la cocina del monasterio. El Alquimista encendió el fuego y el monje trajo un poco de plomo, que el Alquimista derritió dentro de un recipiente de hierro. Cuando el plomo se hubo vuelto líquido, el Alquimista sacó de su bolsa aquel extraño huevo de vidrio amarillento. Raspó un fragmento del tamaño de un cabello, lo envolvió en cera y lo echó al recipiente de hierro con el plomo.

La mezcla adquirió un color rojo, como la sangre. El Alquimista sacó entonces el recipiente del fuego y lo dejó que se enfriase. Mientras tanto conversaba con el monje sobre la guerra de los clanes.

—Debe durar mucho —dijo al monje.

El monje estaba aburrido. Hacía tiempo que las caravanas se hallaban detenidas en Gizeh, esperando que acabase la guerra. «Pero hágase la voluntad de Dios» —dijo el monje.

—Exactamente —respondió el Alquimista.

Cuando la marmita se acabó de enfriar, el monje y el muchacho miraron deslumbrados. El plomo se había secado en la forma circular de la marmita, pero ya no era plomo. Era oro.

—¿Aprenderé a hacer esto un día? —preguntó el muchacho.

—Esta fue mi Historia Personal, y no la tuya. Pero quería mostrarte que es posible.

Anduvieron de nuevo hasta la puerta del convento. Allí el Alquimista dividió el disco en cuatro partes.

—Esta es para usted —dijo, tendiendo una parte hacia el monje—. Por su generosidad con los peregrinos.

—Estoy recibiendo una paga superior a mi generosidad —respondió el monje.

—Jamás repita eso. La vida puede escuchar y darle menos la próxima vez.

Después se acercó al muchacho.

—Esta es para ti. Para pagarte lo que diste al general.

El muchacho iba a decir que era mucho más de lo que había dado al general. Pero guardó silencio, porque había oído el comentario que el Alquimista le había hecho al monje...

—Esta es para mí —dijo el Alquimista, guardándose una parte—. Porque tengo que volver al desierto y existe una guerra entre los clanes.

192

Entonces cogió el cuarto pedazo y dio de nuevo al monje.

—Esta es para el muchacho. En caso de que lo necesite.

—Pero si ya estoy yendo en busca de mi tesoro —dijo el muchacho. ¡Ahora estoy cerca de él!

—Y tengo la seguridad de que lo encontrarás —dijo el Alquimista.

—Entonces, ¿por qué esto?

—Porque tú ya perdiste dos veces, con el ladrón y con el general, el dinero que ganaste en tu viaje. Yo soy un viejo árabe supersticioso que creo en los proverbios de mi tierra. Y hay un proverbio que dice:

»Todo lo que ocurre una vez, puede que no ocurra nunca más. Pero todo lo que ocurre dos veces, ocurrirá ciertamente una tercera».

Montaron en sus caballos.

—Quiero contarte una historia a propósito de los sueños —dijo el Alquimista.

El muchacho acercó su caballo.

—En la antigua Roma, en la época del emperador Tiberio, vivía un hombre muy bueno, que tenía dos hijos: uno era militar, y cuando entró en el ejército, fue enviado a las más lejanas regiones del Imperio. El otro hijo era poeta y encantaba a toda Roma con sus hermosos versos.

»Una noche, el viejo tuvo un sueño. Un ángel se le aparecía para decir que las palabras de uno de sus hijos serían conocidas y repetidas en el mundo entero, por todas las generaciones venideras. El anciano despertó agradecido y llorando aquella noche, porque la vida era generosa y le había revelado algo que cualquier padre se sentiría orgulloso de saber.

»Poco tiempo después, el viejo murió al intentar salvar a un niño que iba a ser aplastado por las ruedas de un carruaje. Como se había portado de manera justa toda su vida, fue derecho al cielo, y se encontró con el ángel que se le había aparecido en el sueño.

»—Tú fuiste un hombre bueno —le dijo el ángel—. Viviste tu existencia con amor y moriste con dignidad. Puedo realizar ahora cualquier deseo que tengas.

»—La vida también fue buena para mí —respondió el anciano—. Cuando tú te me apareciste en un sueño, sentí que todos mis esfuerzos estaban justificados. Porque los versos de mi hijo quedarán entre los hombres por los siglos venideros. Nada tengo que pedir para mí; sin embargo, todo padre se enorgullecería de ver la fama de alguien a quien él cuidó cuando niño y educó cuando joven. Me gustaría ver, en el futuro lejano, las palabras de mi hijo.

»El ángel tocó en el hombro al anciano y los dos fueron proyectados hacia un futuro distante. A su alrededor apareció un lugar inmenso, con millares de personas, que hablaban en una lengua extraña.

»El viejo lloró de alegría.

»—Yo sabía que los versos de mi hijo poeta eran buenos e inmortales —dijo al ángel, entre lágrimas—. Me gustaría que me dijeses cuál de sus poesías está recitando esa gente.

»El ángel entonces se aproximó al viejo con cariño y se sentaron en uno de los bancos que había en aquel inmenso lugar.

»—Los versos de tu hijo poeta fueron muy populares en Roma —dijo el ángel—. Gustaban a todos y todos disfrutaban con ellos. Pero cuando acabó el reinado de Tiberio, sus versos también fueron olvidados. Estas palabras son de tu hijo que entró en el ejército.

»El anciano miró sorprendido hacia el ángel.

»—Tu hijo fue a servir a un lugar lejano llegó a ser centurión. Era también un hombre justo y bueno. Una tarde, uno de sus siervos enfermó y estaba a punto de morir. Tu hijo, entonces, oyó hablar de un rabino que curaba a los enfermos y anduvo días y días en busca de este hombre. Mientras caminaba, descubrió que el hombre al que estaba buscando era el Hijo de Dios. Encontró a otras personas que habían sido curadas por él, aprendió sus enseñanzas e incluso siendo un centurión romano se convirtió a su fe. Hasta que cierta mañana llegó cerca del Rabino.

»Le dijo que tenía un siervo enfermo. Y el Rabino se dispuso a ir hasta su casa. Pero el centurión era un hombre de fe y mirando al fondo de los ojos del Rabino, comprendió que estaba delante mismo del Hijo de Dios cuando las personas que estaban alrededor de ellos se levantaron.

»—Estas son las palabras de tu hijo —dijo el ángel al anciano—. Son las palabras que él dijo al Rabino en aquel momento y que nunca más fueron olvidadas. Decían: *Señor, yo no soy digno de que entréis en mi casa, pero decid una sola palabra y mi siervo será salvo.*

El Alquimista movió su caballo.

—No importa lo que haga, cada persona en la Tierra está siempre representando el papel principal de la Historia del mundo —dijo—. Y normalmente no lo sabe.

El muchacho sonrió. Nunca había pensado que la vida pudiera ser tan importante para un pastor.

—Adiós —dijo el Alquimista.

—Adiós —respondió el muchacho.

El muchacho caminó dos horas y media por el desierto, tratando de escuchar atentamente lo que le decía el corazón. Era él el que le revelaría el lugar exacto donde se hallaba escondido el tesoro.

«Donde esté tu tesoro, allí estará también tu corazón», le había dicho el Alquimista.

Pero su corazón hablaba de otras cosas. Contaba con orgullo la historia de un pastor que había dejado sus ovejas para seguir un sueño que se repitió dos noches. Hablaba de la Historia Personal y de muchos hombres que hicieron esto, que fueron en busca de tierras lejanas o de mujeres bonitas, haciendo frente a los hombres de su época con sus prejuicios y sus ideas. Habló todo el rato de viajes, de descubrimientos, de libros y de grandes cambios.

Cuando se disponía a subir una duna —y sólo en aquel momento—, fue cuando su corazón le susurró al oído: «estáte atento con respecto al lugar en donde llorarás. Porque en ese lugar estoy yo, y en ese lugar se halla tu tesoro».

El muchacho empezó a subir despacio la duna. El cielo, cubierto de estrellas, mostraba de nuevo una luna llena; habían caminado un mes por el desierto. La luna iluminaba también la duna, en un juego de sombras que hacía como si el desierto pareciese un mar lleno de olas, y hacía que el

197

muchacho se acordase del día en que dejó el caballo libremente suelto por el desierto, dando una buena señal al Alquimista. Finalmente la luna iluminaba el silencio del desierto y el viaje que emprenden los hombres que buscan tesoros.

Cuando, al cabo de algunos minutos, llegó a lo alto de la duna, su corazón dio un salto. Iluminadas por la luz de la luna llena y por la blancura del desierto, erguíanse majestuosas y solemnes las Pirámides de Egipto.

El muchacho cayó de rodillas y lloró. Daba gracias a Dios por haber creído en su Historia Personal y por haber encontrado cierto día a un rey, un mercader, un inglés y un alquimista. Sobre todo, por haber encontrado a una mujer del desierto, que le había hecho comprender que el Amor nunca separará al hombre de su Historia Personal.

Los muchos siglos de las Pirámides de Egipto contemplaban al muchacho desde lo alto. Si él quisiera, podía ahora volver al oasis, tomar a Fátima y vivir como sencillo pastor de ovejas. Porque el Alquimista vivía en el desierto, incluso comprendiendo el Lenguaje del Mundo, incluso sabiendo transformar plomo en oro. No tenía que mostrar a nadie su ciencia y su arte.

Mientras caminaba en dirección a su Historia Personal, había aprendido todo lo que necesitaba y había vivido todo lo que había soñado vivir.

Pero había llegado a su tesoro, y una obra sólo está completa cuando se ha alcanzado el objetivo. Allí, en aquella duna, el muchacho había llorado. Miró hacia el suelo y vio que en el sitio donde habían caído sus lágrimas, se paseaba un escarabajo. Durante el tiempo que había pasado en el desierto, había aprendido que, en Egipto, los escarabajos eran el símbolo de Dios.

Allí había otra señal. Y el muchacho empezó a cavar,

después de acordarse del mercader de cristales; nadie lograría tener una Pirámide en su huerto, incluso si estuviese amontonando piedras toda su vida.

Durante una noche entera, el muchacho estuvo cavando en el lugar marcado, sin encontrar nada. De lo alto de las Pirámides, los siglos le contemplaban, en silencio. Pero el muchacho no desistía: cavaba y cavaba, luchando con el viento, que muchas veces volvía a traer la arena hacia el hoyo. Sus manos quedaron cansadas, después lastimadas, pero el muchacho tenía fe en su corazón. Y su corazón le había dicho que cavase allí donde cayeran sus lágrimas.

De pronto, cuando estaba tratando de retirar algunas piedras que habían aparecido, el muchacho oyó pasos. Algunas personas se acercaron a él. Estaban contra la luna y el muchacho no podía verles los ojos ni las caras.

—¿Qué estás haciendo ahí —preguntó uno de los bultos.

El muchacho no respondió. Pero sintió miedo. Ahora tenía un tesoro por desenterrar y por esto tenía miedo.

—Somos refugiados de guerra de los clanes —dijo el otro bulto—. Necesitamos saber qué estás escondiendo ahí. Necesitamos dinero.

—No escondo nada —respondió el muchacho.

Pero uno de los recién llegados lo agarró y lo sacó fuera del hoyo. Otro se puso a registrarle los bolsillos. Y encontraron el trozo de oro.

—Tiene oro —dijo uno de los salteadores.

La luna iluminó la cara del que le estaba registrando y él vio, en sus ojos, la muerte.

—Debe haber más oro escondido en el suelo —dijo otro.

Y obligaron al muchacho a cavar. El muchacho siguió cavando, y no había nada. Entonces empezaron a golpear al muchacho. Apalearon al muchacho hasta que aparecie-

ron los primeros rayos de sol. Su ropa quedó hecha trizas y él sintió que la muerte estaba próxima.

«¿De qué aprovecha el dinero, si hay que morir? Pocas veces el dinero es capaz de librar a alguien de la muerte», había dicho el Alquimista.

—¡Estoy buscando un tesoro! —gritó el muchacho. E incluso con la boca lastimada e hinchada a golpes, contó a los salteadores que había soñado dos veces con un tesoro escondido junto a las Pirámides de Egipto.

El que parecía el jefe permaneció largo rato en silencio. Después habló con uno de ellos:

—Puedes dejarlo. Ya no tiene nada. Debió haber robado este oro.

El muchacho cayó con el rostro en la arena. Dos ojos buscaban los suyos; era el jefe de los salteadores. Pero el muchacho estaba mirando las Pirámides.

—Vámonos —dijo el jefe a los otros. Después se volvió hacia el muchacho:

—No vas a morir —dijo—. Vas a vivir y aprender que el hombre no puede ser tan estúpido. Ahí, en ese lugar donde estás tú, yo también tuve un sueño repetido hace casi dos años. Soñé que tenía que ir hasta los campos de España, a buscar una iglesia en ruinas donde los pastores solían dormir con sus ovejas y que tenía un sicomoro creciendo dentro de la sacristía, si yo cavase en la raíz de este sicomoro encontraría un tesoro escondido. Pero no soy tan estúpido como para cruzar un desierto sólo porque tuve un sueño repetido. Después se marchó.

El muchacho se levantó con dificultad, y miró una vez más hacia las Pirámides. Las Pirámides le sonrieron y él les sonrió, con el corazón lleno de felicidad.

Había encontrado el tesoro.

EPÍLOGO

El muchacho se llamaba Santiago. Llegó a la pequeña iglesia abandonada cuando ya estaba anocheciendo. El sicomoro todavía continuaba en la sacristía, y aún podían verse las estrellas a través del techo semiderruido. Recordó que una vez había estado allí con sus ovejas y que había tenido una noche tranquila, excepto por el sueño.

Ahora estaba sin su rebaño, pero traía una pala.

Estuvo mucho rato mirando hacia el cielo. Después sacó de la alforja una botella de vino y bebió. Se acordó de la noche en el desierto, cuando había mirado también las estrellas y bebido vino con el Alquimista. Pensó en los muchos caminos que había recorrido y la manera extraña de mostrarle Dios el tesoro. Si no hubiese creído en sueños repetidos, no habría encontrado a la gitana, ni al rey, ni al salteador, ni... «bueno, la lista es muy larga. Pero el camino estaba escrito por las señales y yo no podía equivocarme», dijo para sus adentros.

Durmió sin darse cuenta, y cuando despertó, el sol estaba ya alto. Entonces se puso a excavar la raíz del sicomoro.

«Viejo brujo», pensaba el muchacho. «Tú lo sabías todo. Hasta me dejaste un poco de oro para que pudiese volver hasta esta Iglesia. El monje se echó a reír cuando me vio volver con la ropa hecha jirones. ¿No podías haberme ahorrado esto?»

—No —escuchó que le decía el viento—. Si te lo hubiese dicho, no habrías visto las Pirámides. Son muy bonitas, ¿no te parece?

Era la voz del Alquimista. El muchacho sonrió y siguió cavando. Media hora después, la pala tropezó con algo sólido. Una hora más tarde, tenía ante sí un baúl lleno de viejas monedas de oro españolas. Había también piedras preciosas, máscaras de oro con plumas blancas y rojas, ídolos de piedra incrustados de brillantes. Piezas de una conquista que el país había ya olvidado hacía mucho tiempo y que el conquistador había olvidado contarles a sus hijos.

El muchacho sacó de la alforja el Urim y el Tumim. Había utilizado las dos piedras solamente una vez, cuando se encontraba una mañana en un mercado. La vida y su camino estuvieron siempre llenos de señales.

Guardó el Urim y el Tumim en el baúl de oro. Eran una parte de su tesoro, porque recordaban a un viejo rey a quien jamás volvería a encontrar.

«Realmente la vida es generosa con el que vive su Historia Personal», pensó el muchacho. Entonces se acordó de que tenía que ir hasta Tarifa y dar una décima parte de aquello a la gitana. «¡Qué listos son los gitanos!», pensó. Tal vez fuera porque viajaban tanto.

Pero el viento volvió a soplar. Era el Levante, el viento que venía de Africa. No traía el olor del desierto, ni la amenaza de invasión de los moros. Al revés de esto, traía un perfume que él conocía bien, y el sonido de un beso que veía llegar despacio, despacio, hasta que se posó en sus labios. El muchacho sonrió. Era la primera vez que ella hacía esto.

—Ya voy, Fátima —dijo el muchacho.

OTROS TÍTULOS

56 CUENTOS PARA BUSCAR A DIOS
Juli Peradejordi

150 CUENTOS PARA SER FELIZ
Juan Guerra Cáceres

AFIRMACIONES PARA EL PERDON
Jack Lawson

AFIRMACIONES Y AUTOSUGESTION
Emile Coué

AFIRMACIONES Y NEGACIONES
Emilie Cady

ALIMENTACION CONSCIENTE, LA
Maite Ramos

ALQUIMIA EN ESPAÑA, LA
José Ramón Luanco

AMOR CONSCIENTE
K.Keyes J.Lawson

AMOR DE VERDAD
Daphne Rose Kingma

ANGELES, LOS
Solara

ARCO IRIS, EL
Ana Pena

ARTE DE SER UNO MISMO, EL
P. Richard

AYAHUASCA
Alex Polari

A LOS PIES DEL MAESTRO
J. Krishnamurti

A LOS PIES DEL MAESTRO-II
J. Krishnamurti

BROTES Y GERMINADOS CASEROS
Dr. Soleil

BUSHIDO
Inazo Nitobe

CABALLERO DE ARMADURA OXIDADA
Robert Fisher

CAMINO HACIA EL HOGAR, EL
Solara

CAMINO INTERIOR, EL
Francisco Bostrom

CIENCIA MAGICA DE VIBRACIONES
Geneviève Rusquin

COMBINACION DE LOS ALIMENTOS
H. M. Shelton

COMENTARIO DEL BHAGAVAD GITA
Sri Chinmoy

COMO ATRAER LA BUENA SUERTE
A.H. Carr

COMO ATRAER LA PAREJA IDEAL
Robert Scheid

COMO ATRAER LA TERNURA
Jacques Salomé

COMO CURAN LOS CHAMANES
Fried Froemer

COMO DESPERTAR EL AMOR PURO
C. Daxter

COMO HACER QUE TU VIDA FUNCIONE
K.Keyes.Bruce Burkan

COMO INTERPRETAR LOS SUEÑOS
J.A. López Benedí

COMO INVOCAR TU ANGEL CELESTIAL
Solara

COMO SE ECHA LA BARAJA ESPAÑOLA
Octavio Aceves

COMO SE RECUERDAN LAS VIDAS PASADAS
Jinarajadasa

COMO SER CREATIVO
Esteve Carbó

COMO SER FELIZ
Ken Keyes JR

COMO SER FELIZ LOS 365 DIAS DEL AÑO
Juan Guerra Cáceres

COMO SUPERAR LA ENFERMEDAD
Jack Lawson

COMO UN HOMBRE PIENSA, ASI ES SU VIDA
James Allen

COMO VER BIEN SIN GAFAS
Miguel Giménez

COMUNION
Sondra Ray

CONTROL MENTAL
Varios

CONVERSACIONES CON CARLOS CASTANEDA
Carmina Fort

CRISTO COSMICO, EL
Edouard Schuré

CRISTO EN VOSOTROS
Alice Martley

CRUZ, LA
L.M.Martínez Otero

CUERPO ASTRAL, EL
Francisco García

CUERPO HUMANO, EL
Julio Peradejordi

CURA DE SAVIA Y ZUMO DE LIMON
K. A. Beyer

CURAR CON LAS MANOS
Armando Carranza

DINERO ES MI AMIGO, EL
Phil Laut

DIOS ES EL AMOR MAS PURO
K.von Eckartshausen

DON SUPREMO, EL
Paulo Coelho

DROGAS ENDOGENAS
Josef Zahentbauer

EN ARMONIA CON EL INFINITO
R. W. Trine

EN BUSCA DE LA EXPERIENCIA DE DIOS
J. M. Mendiola

EN LAS FUENTES DE LA VIDA
Raphael

ENEAGRAMA Y FLORES DE BACH
Eliane Ganem

ENDORFINAS
Jack Lawson

ENSEÑANZA SILENCIOSA, LA
Sri Chinmoy

ESOTERISMO CRISTIANO
René Guénon

ESOTERISMO ISLAMICO Y TAOISMO
René Guenon

ESOTERISMO Y SIMBOLISMO
Schwaller de Lubicz

ESTRELLA QUE SOMOS, LA
Solara

EXTASIS
Bruce Eisner

FENG SHUI
Ernest J. Eitel

FILOSOFO AUTODIDACTA
Abuchafar Abentof.

FUERZA POSITIVA QUE HAY EN TI
María Gema

GRAN LIBRO DE LOS CEREALES,EL
Esmeralda Berbel

GUIA CAMINO DE SANTIAGO
Jaime Cobreros

GUIA FLORES DE BACH
Armando Carranza

GUIA MASAJE EROTICO ORIENTAL
Wu Yu Tang

GUIA MEDICAMENTOS NATURALES
Laurent Messean

GUIA MEDITACION
K. A. Beyer

GUIA TAI CHI
Salvador Lluch

HECHIZOS Y CONTRAHECHIZOS
F. des Aulnoyes

HISTORIA MAGICA, LA
F.van Reusselaer Dey

HOMBRE MAS RICO DE BABILONIA
George S. Glason

ILUSIONES EN TRES DIMENSIONES
Chaos Laboratory

JANAJPACHA
Luis Espinoza

JUEGO DE LA VIDA, EL
Florence Scovel Shinn

LABERINTO, EL
L.M. Martínez Otero

LENGUAJE DE LAS VELAS, EL
H. Giménez J. Tápia

LIBRO DE LOS ANGELES, EL
J. Lawson F. Roche

LIBRO DE LA CLARIDAD, EL
Sefer ha -Bahir

LIBRO DE HENOCH, EL
Anónimo

LIBRO DE LOS NOMBRES, EL
Varios

LIBRO SECRETO LEYES AMOR EN EL ISLAM
Omer Haleby

LIBRO TIBETANO DE LOS MUERTOS
Bardo Thodol

LO QUE TU CUERPO TE QUIERE DECIR
Monika Reiz

LUNA, LA
Amalia Peradejordi

LUZ, LA
V. A. Biolcati

MAGIA DE LOS ANGELES, LA
Varios

MAGICOS SOIS
Maria Gema

MAGNETISMO CURATIVO
Abbot George Burke

MAGNETOTERAPIA
A.K Takur

MAGO DE LOS CRISTALES, EL
Francisco Bostrom

MANUAL DE JARDINERIA HUMANA
Enrique Mariscal

MANUAL PRACTICO DE ASTROLOGIA
Georges Antarès

MANUAL SANACION ESPIRITUAL
Th.De Witt Schobert

MENSAJE DE LAS MANOS, EL
A. Pérez Solanilla

METAFISICA DEL AMOR, METAFISICA DE LA MUERTE
A. Schopenhauer

METAFISICA ORIENTAL, LA
Réné Guénon

MI ASCENDENTE Y YO
Sara Cavallé

MI METODO DE AUTOSUGESTION
Emile Coué

MILAGROS
Sondra Ray

MISTICA DEL DINERO, LA
Jack Lawson

MONADA JEROGLIFICA, LA
John Dee

MUERTE Y REENCARNACION
Sri Chinmoy

MUNDOS DE LUZ, LOS
Mª Angeles Bertolín

MUSICA, ROCK Y SATANISMO
René Laban

NATURALEZA DE BUDA, LA
Dogen

NACIDOS CON ESTRELLA
Solara

NIÑO MAGICO QUE HAY DENTRO DE TI
Bruce Davis

NUBE SOBRE EL SANTUARIO, LA
K Von Eckartshausen

OBTENCION DE LA VERDAD, LA
J. Krishnamurti

ORACIONES MAGICAS
Abad Julio

ORARAS AL PADRE ASI
Hermandad Yo Soy

OUIJA
F.Caudet M.Llorens

PALABRAS BLANCAS
Madre Teresa Calcut

PECES Y LAS AVES
J.P. Morín Bentejac

PLANTAS QUE CURAN Y PLANTAS QUE MATAN
J.Rengade

PODER DE LA PALBRA HABLADA,
Flrece Scovel Shinn

POEMAS MISTICOS
Kabir

POLEN, EL
K. A. Beyer

PROFETA, EL
Khalil Gibran

PROZAC
Carol Turkington

PUENTE, EL
Jaime Cobreros

LA PUERTA ALQUIMIA
Varios

LA PUERTA EGIPTO
Varios

LA PUERTA ESOTERISMO CRISTIANO
Varios

LA PUERTA ESOTERISMO ESPAÑOL
Varios

LA PUERTA MAGIA
Varios

LA PUERTA TRADICION GRIEGA
Varios

LA PUERTA TRADICION POPULAR
Varios

LA PUERTA SECRETA DEL EXITO, LA
Florence Scovel S.

RAYOS DE LUZ
Angeles Bertolín

REIKI
B. Müller H. Günter

REGRESO, EL
Lara Ribera

RELACIONES CON AMOR II
Sondra Ray

SABER ESTAR GUIA
Varios

SABER VIVIR, SABER AMAR
José Antonio Sha

SABIDURIA DE LAS PIEDRAS, LA
Francisco Bostrom

SANAR LAS ADICCIONES
L. Jampolsky

SANATE A TI MISMO
White Eagle

SATURNO
Liz Greene

SECRETO DE LA CABALLERIA, EL
V. E. Michelet

SEFER YETZIRAH
Anónimo

SER TU MISMA
Sue Patton Thoele

SIETE PUNTOS DE LA PRACTICA
Tai Situ Rimpoché

SIMBOLISMO DE LA MUSICA, EL
Camilo Mauclair

SIMBOLISMO DEL NUMERO, EL
Ancochea / Toscano

SIMBOLISMO ZODIACO DE JOHFRA
Hein Steehouwer

SIMBOLO, RITO, INICIACION 7
Maestros Masones

SIMBOLOS DE LOS EGIPCIOS, LOS
F. du Portal

SINTESIS DEL LIBRO DE URANTIA
Varios

SUEÑOS, LOS
Sri Chinmoy

SUTRA DE LA FUNDACION DE LA ORDEN BUDISTA
Catusparistasutra

TAI CHI CHUAN
Ferran Tarragó

TANTRA PARA OCCIDENTALES
Ricardo Daulah

TAO TE KING
Lao Tzu

TAROT DE LOS GNOMOS, EL
Berti. Lupatelli

TAROT ESOTERICO, EL
Juli Peradejordi

TAROT,LA RESPUESTA DEL FUTURO
Tchalaï Unger

TEOSOFISMO, EL
René Guénon

TERAPIA DE LA POLARIDAD
Alan Siegel

TEXTOS Y GLOSAS DEL ARTE SAGRADO
Raimon Arola

TIRO CON ARCO, EL
Amanda Coomaraswamy

TRANSITOS PLANETARIOS Y DESTINO
Georges Antarès

TU PALABRA ES UNA VARITA MAGICA
Florence Scovel Sh.

VELAS E INCIENSOS
Hanna M. Giménez

VIDA ES FACIL, LA
José Mª Mendiola

VIDA ETERNA
Henri Drummond

VIDA LIBERADA, LA
Jeddu Krishnamurti

VIDA SECRETA DE JESUS, LA
Nicolai Notovich

VIVATION
J. Leonard P. Laut

WU WEI
Henri Borel

YO SOY EL QUE SOY
Hermandad Yo Soy

ZUMOS QUE CURAN
Sarah Williams